光文社文庫

向田理髪店

奥田英朗

光 文 社

目次

向田理髪店

1

「向田理髪店《むこうだ》」は北海道の中央部、苫沢町《とまざわちょう》において戦後間もない昭和二十五年から続く昔ながらの床屋だった。店主の康彦《やすひこ》は五十三歳の平凡な理容師で、二十八歳のときに父親から引き継ぎ、四半世紀にわたって夫婦で理髪店を営んできた。

向田康彦が家業を継いだのは、父親がヘルニアを患《わずら》い、店に立てなくなったからだ。札幌で大学生活を送った康彦は、札幌で広告会社に就職し、忙しい日々を送ってきたが、実家の窮状に直面し、長男という事情もあって帰郷を決意した。理容学校に入り、技術を一から学び、跡を継ぐこととなった。その父親は、三年前に八十歳で他界した。七十九歳の母はまだ元気で、今も店に出て接客をしようとする。

苫沢は、かつて炭鉱で栄えた町だった。明治初期に石炭鉱脈が発見されると、多数の炭鉱が拓かれ、入植者が日本中から押し寄せた。昭和三十年代には関連工場も進出し、人口八万人を抱える日本有数の炭鉱都市となった。

しかし、四十年代に入るとエネルギー政策は石油へと転換され、海外の石炭との競争にも勝てなくなり、衰退が始まった。

康彦の少年時代は、丸々その衰退期だった。閉山が相次ぎ、クラスメートは次々と転校していき、小中学校も統廃合が繰り返された。打開策として町は映画祭を誘致し、レジャー施設を造るなど観光に力を注いだものの、すべて振るわず、放漫なハコモノ行政のツケは膨《ふく》らむばかりだった。康彦が札幌で社会人になった年、苫沢町は財政破綻した。以後、人口流出は止まらず、使用されない図書館や音楽ホールが、だだっ広い自然の中に虚《むな》しく点在している。

かつては町に十軒以上あった理髪店も、今では二軒になってしまった。客は大半が町の高齢者である。

将来性がないから、康彦は自分の代で終わらせるつもりでいた。家業と言っても元炭鉱町の散髪屋である。誇るほどのものでもない。二十五歳の長女・美奈《みな》は、東京の服飾専門学校に進み、そのまま東京のアパレル会社で働いている。二十三歳の長男・和昌《かずまさ》は札幌の私立大学を卒業し、同地で中堅の商事会社に就職した。子供たちに帰って来て欲しいとは思わない。人より牛の数が多い過疎の町に、若者を惹《ひ》きつける要素などひとつもない。子供たちには子供たちの人生がある。自分と妻の老後は不安だが、それも仕方のないことだと思っている。

そんな中、息子の和昌が苫沢に帰って来ると言い出した。

「おれは地元をなんとかしたいわけさ。このまま若者がいなくなったら、苫沢はどうなるべ。じっちゃんと婆ちゃんばかりの集落になって、終《しま》いには滅びてしまうだろう。それはマズイんでねえかと思ってさ。おれ、向田理髪店を継ぐことにしたから」

今年の正月に帰省したとき、和昌は家族を前にして唐突に言ったのである。

「青年団の瀬川《せがわ》さんなんかとも話してさ。あの人、家業のガソリンスタンドを継いだっしょ。瀬川さん、おれも都会に行く夢はあったけど、この地域からガソリンスタンドがなくなったら、どんだけの町民が困るか、それを考えたら自分には瀬川石油の看板を守る義務があるんじゃねえかって――。おれ、立派だなあって思って」

元来がおしゃべりな息子であるのだが、その日はより雄弁に語るのであった。

「じゃあ今の仕事は辞めるのか。せっかく大学出て入った商事会社を。もったいなくはねえのか」

康彦が聞くと、和昌はきっぱり「未練はねえ」と言い切った。

「しかし、おまえ、勤めて一年は早過ぎねえか？」

「そりゃあ、ようやく仕事を覚えたところで辞めるってのは会社に悪い気もするよ。でも、こういう言い方はなんだけど、サラリーマンにはいくらでも代わりがいるけど、苫沢の散髪屋は代わりがいねえべや。おれが継がなきゃ、残りは野田池《のだいけ》のバーバー蔦木《つたき》だけだべ。あそこも息子は継がねえで札幌に出て行ったし、このままだとあと十年ちょっとで苫沢の散髪屋はゼロだ。そうなったら、町民みんなが困るべさ」

和昌が熱く語るのを聞きながら、康彦は少なからず違和感を覚えていた。はて息子は中学生の頃から床屋は継がないと言っていたはずではないか。息子は東京へ出てテレビ関係の仕事に就きたいという希望を持っていた。それが高校生になってやや現実的になり、大学も就職先も道内の札幌で落ち着いたが、家を出る方針に変わりはなかったはずだ。

息子にどのような心境の変化があったのか。突然郷土愛に目覚めたとでもいうのだろうか。

和昌の宣言を手放しで歓迎したのは母だった。「これでじっちゃんも天国でよろこぶ。よかった、よかった」と目に涙を浮かべ、孫に向かって手を合わせて拝むのだった。

妻の恭子《きょうこ》は、「何もこんな田舎の散髪屋を継がなくてもいいのに」と、将来を案じつつも、内心はよろこんでいるようだ。夫婦と姑《しゅうとめ》との三人暮らしより、若い息子がいた方が日々の暮らしは張りがあるに決まっている。

恭子はそのとき以来機嫌がいい。台所仕事のときも鼻歌などを奏でている。

そして康彦はと言えば、複雑な気持ちを抑えることは出来なかった。どんどん人口が少なくなっていく町で、理髪店に将来があるとは思えない。若い人たちもいるにはいるが、最近では、みんな札幌に月に一度の買い物に行ったとき、ついでに散髪や美容を済ませてくる。

その点を指摘すると、和昌は「そんなもの百も承知だ」とやけに自信ありげに答えるのだった。

「要するに、従来通りの散髪屋でやって行こうとするから、先が見えねえわけだべさ。おれだって札幌でちゃんと社会経験は積んできたからね。ただの散髪屋にするつもりはないよ。おれの計画はね、店を建て増しして同じ空間にカフェを造るわけ。ほら、隣の物置、全然使ってないっしょ。そこの土地を使えば二十平米かそこらは広げられっから、そこにカフェを開いて、町民の憩いの場にしてもらって、新しい客を取り込むわけさ」

康彦は反論したいことがたくさんあったが、「とにかくもう少し待て」と諌《いさ》め、そのときは言わないでおいた。そもそも資金はどうするのか。向田家にそれを捻出《ねんしゅつ》する余裕はない。

すると一月も経《た》たないうちに、和昌は親に相談もなく会社を辞め、実家に戻ってきた。

苫沢で一年間アルバイトをして学費をため、それで再び札幌に行って理容学校で二年間学び、二十六歳で理容師になると言う。

康彦は息子の決断に困惑するばかりだった。本音を言うなら、我が息子にはもう少し大志を抱いて欲しかったのである。

和昌は町の木工所でアルバイトを始めた。と言ってなんの技術もなく、機械も扱えないため、もっぱらトラックで原材や家具を運送する仕事である。一年ちょっとで辞めるという条件なので、向こうも同じ町のよしみで雇っている感じだった。

母は、「孫のためなら理容学校の費用ぐらい出してやるさ」と言ったが、和昌が毅然と断った。

「おれはもう子供じゃねえから、全部自分でやる。祖母《ばあ》ちゃんの年金で学校に通ったなんて、男として恥ずかしいべさ」

そう言って鼻の穴を広げる。母は感激してまた涙ぐむのだが、康彦としては、肉体労働のアルバイトなどさして益があるとは思えず、甘えてもいいのではないかと思うのも事実だった。

和昌は毎朝六時に起きて、恭子の作った弁当を持って元気に家を出て行く。二月の苫沢町は軽く氷点下十度を下回り、洟《はなみず》が凍るほどだ。それでも「もうすぐ春だべさ」と明るく言い、辛《つら》そうな顔ひとつ見せない。けれどその明るさに、どこか空元気《から》めいたものを康彦は感じてしまう。

「いいんでないかい。跡継ぎが出来たんだもん。やっちゃん、オメは何を贅沢《ぜいたく》言ってる」

そう言って目を剝《む》くのは、幼馴染《おさななじみ》の谷口修一《たにぐちしゅういち》である。谷口は小さな電気工事会社の社長で、小学校の頃から一緒に遊んだ仲だ。

「うちの倅《せがれ》なんか、札幌へ出て行ってそのまんまだ。それもちゃんとした会社に勤めれば文句はねえが、居酒屋の雇われ店長だもんなあ。将来は独立するなんて口では言ってるが、どうだかねえ。そんなことをやってるくらいなら、うちで電気工事の仕事を覚えた方が、この先つぶしが利くってものだべさ。和昌君は立派なもんよ」

いつものスナック大黒《だいこく》で、二人は飲んでいた。町には飲食店が数軒しかなく、一年の内百夜はこの店に顔を出す。昔は炭鉱で賄《まかな》い婦をしていたというママさんは自称六十代で、一人で店をやっている。

「しかしなあ、シュウちゃん。苫沢で床屋を継いでどうなる？　新しい客を呼び寄せるとか、なんか夢みてえなこと言ってってけど、若いモンがみんな出て行く中で、どうやって新規開拓するべや。そもそも人がいねえんだ。山に向かって《さあ、いらっしゃい、いらっしゃい》って叫んでるようなもんだろう」

康彦が反論した。二人の間では、もう何度も繰り返された話だ。

「オメ、そったらことを言っちゃあいけねえぞ。若者が何かに挑戦しようとしてるんだから、おれたち親世代は応援するのが筋っしょ」

「何を応援するんだか。店を広げて半分カフェにするなんて、地元の信金だって融資を断るべさ。仮に資金を調達出来たとして、カフェが失敗したら、その借金は誰が被《かぶ》る。和昌一人に背負わせるわけにはいかねえから、結局のところ、おれが尻拭《しりぬぐ》いするんだろう」

「まあ、悲観的に考えればそうだがな」

谷口がスルメをかじりながら言う。

「誰が楽観的になれる。こんな誰もいねえ町で」

康彦は語気強く言い返した。

「でもいいじゃないの。息子さんが帰って来たんだから」ママがカウンター越しに口をはさんだ。「わたし、若い人が町に残るのはとにかく賛成よ。このまま年寄りだらけになったら、町そのものが消滅しちゃうじゃない」

「そりゃあ、ママとしては、若い町民が欲しいでしょう。おれだって同じだ。だどもよ、それが自分の息子となれば別なわけ。ママさん、息子がいたとして、この町に残って欲しいか？」

康彦が問うと、ママは一瞬返事に詰まったあと、「そうね。自分の子供だったら、考えちゃうかもね」と肩をすくめた。

「そうだべ？　複雑なんだべさ。自分たちの老後を考えると、子供がそばにいてくれることほど心強いことはないよ。でもさ、子供の将来を考えると、手放しではよろこべねえべ。だって苫沢に未来はないわけ。これだけははっきりしてる」

「そう言い切るのはどうよ。苫沢をなんとかしようと、東京からも人が来てるんだし」

谷口が不服そうに言い返した。東京から来た役人とは、町の助役として出向してきた総務省の官僚だった。三十代半ばで、見るからに熱血タイプで、町の再建に力を尽くしている。地元民との交流に積極的で、青年団の相談役にもなっていた。

「だからさ、その東京から来た役人っていうのが、一部の連中に甘い期待を抱かせてるんじゃないの？」

「それは知らねえが、気さくないい人だよ。東大出のインテリなのに、そういうの少しも鼻にかけねえで、町民と一緒になって悩んでくれるし」

「そうそう。佐々木《ささき》さんでしょ。うちにも来たことあるけど、いい人よ」ママも同調した。

「しかし二年かそこらで東京に戻る人間に、理想を説かれてもなあ……」

康彦は、佐々木という役人に親近感を持てなかった。どこまでも前向きな姿勢に、逆にうそくささを感じてしまうのだ。そして和昌は佐々木に大いに感化されている。その点も気に食わない。

「やっちゃんは昔から心配性だ。もっと楽天的に生きたらどうだべさ」

そう言って、谷口が肩を叩く。

「町民みんなが楽天的だったから、苫沢は財政破綻してしまったべや。少しは反省しろ」

康彦は大声で言い返した。店にほかの客はいない。だいいち多くの飲食店が週三日営業なのだ。そして閉店までいると、店主が車で送り届けてくれる。そうでもしないと、誰も飲みに来てくれないからだ。

2

和昌は木工所での仕事を終えると、家に帰ってきて夕食を食べ、毎晩のように出かけて行った。行きつけのスナックに青年団の仲間で集まっているらしい。居合わせた知り合いによると、町に残った若者たちが、「このままではいけねえ」「苫沢をなんとかしねえといかん」と夜な夜な熱く語り合っているとのことだ。

そして、その輪には頻繁に助役の佐々木が加わり、勉強会の様相を呈してくるときもあるという。同じメンバーでよくも毎晩話すことがあるものだと思うのは、康彦が中年だからであって、若者は常につるんでいたいのだろう。康彦だって若いときは、毎晩仲間と一緒に何もない山道を車で走り回っていた。

その夜も和昌は、仕事から戻ると夕食を早食い競争のように片付け、携帯でいくつか連絡をしたあと、再びダウンジャケットを着込んだ。

「飲み過ぎないように」恭子が一声注意する。

「今日は運転役だから飲まねえ」

自分で買ったポンコツの軽自動車に乗り込み、意気揚々と出かけて行く。

「酒も飲まねえでおしゃべりだけか。女みてえだ」康彦が呆《あき》れて言うと、恭子は「それが楽しいのよ」と理解ある態度を示した。

「おまえは呑気《のんき》でいいな。和昌がこの先どうなるか、真剣に考えてるべか？」

「考えてるわよ。カフェを併設するっていうのは、お金もないし、いきなりは無理だろうけど、でも和昌が理容師になって家業を継ぐっていうのは、そう悪いことじゃないし、だいいち手に職を付けるんだもん。この先たとえ向田理髪店が立ち行かなくなったとしても、札幌に出てチェーン店に勤めることだってできるし、そう悪い話じゃないんじゃないの」

恭子がトンカツをかじりながら言う。耳の遠い母はすでに食事を終え、自分の部屋でテレビを見ていた。

「借金を抱えるっていうのは大変だぞ。雇われ理容師で返してなんかいけるものか」

「だから、カフェの話は、今は和昌が盛り上がってる最中だから何を言っても無駄だけど、開くにしても理容学校を卒業してからだし、それは三年も先のことだから、その頃になれば現実にぶち当たって少しは冷静になるんじゃないの」

恭子がもっともなことを言うので、康彦は気勢をそがれた。

「なんだ、おまえも一緒になって浮かれてるもんだと思ってた」

「そんなわけないでしょう。どんどん人が減ってる苫沢で、新たな商売をやるなんて冒険が過ぎるわよ。でも、若い人たちはなんとかしようと張り切ってるわけだし、そういうのを年寄りの目で冷ややかに見るっていうのはどうかと思うけど」

「おまえもシュウちゃんと同じようなことを言って——。おれだって応援したいのは山々だ。でもな、苫沢にいて嫁の来手《きて》があるか？　おれはそれが心配だべや」

「大丈夫よ。わたしみたいな物好きがきっといるから」

恭子が味噌汁をずずっとすすり、あさっての方角を見て言った。康彦が返事に詰まる。札幌でサラリーマン生活をしていたとき、苫沢に帰って家業を継ぎたいと恋人の恭子に打ち明けた。すると当時OLだった札幌生まれの彼女は、「いいわよ、わたしもついて行く」と即答した。それで結婚が決まったのだ。

恭子は理容学校にこそ通わなかったが、通信教育で簿記の勉強をし、理髪店の妻としての日々に備えた。あんな僻地《へきち》で平気なのかと問う康彦には、「人生って縁だから」と軽く笑って答えた。以後、不平不満を言ったことはない。

「でもな、青年団なんて野郎ばっかだべ。若い娘は高校を出るときれいさっぱりいなくなる。墓を守るなんていう義務感もないから、自由なもんだ。美奈だって東京へ行っちまったしな。おまえみたいな物好き、そうはいねえぞ」

「今から心配してもしょうがないでしょ。和昌はまだ二十三だもん。平気、平気」

苫沢には、三十を過ぎて独身の男がごろごろいた。そっちの心配もあるのである。

「あのね、世の自営業者は後継者がいなくて悩んでいる人の方が多いのよ。お父さんの悩みは贅沢だって」

恭子がそう言って立ち上がり、食べ終えた食器を手に台所へと行った。

「そうかもしれねえけど」

康彦は吐息をつき、ご飯をもそもそと食べた。家の外からは物音ひとつ聞こえてこない。

一応メインストリートに住居兼店舗を構えているのに、車の往来すらないからだ。家の中に響いているのは、耳が遠くなった母親の部屋のテレビの音だけだ。

向田理髪店は午前七時には店を開け、赤と白と青のサインポールを回す。ごくたまに、出勤前に散髪をやって欲しいという客がいるので、それに対応するためだ。と言ってそんな客は滅多におらず、たいていは奥で朝食をとっているのだが。小さな町では融通を利かせないと、やっていけないのである。

康彦は午前九時になると、スタンドカラーの白いシャツと黒のベストに着替え、店に出る。ただし平日は客などまばらだ。ときとして一人の客もない日があるが、そんなときでも、留守には出来ない。

客商売は待つことしかないのだ。おまけに理髪店は、大売出しとも、新商品の入荷とも縁がない。自分から行動を起こせないというのは、なんとも辛いものである。

収入は家族が充分に食べていけるだけはあるが、贅沢をする余裕はない。ここ十年は毎年売り上げが減り続け、こまめに電気を消すなどの経費節減でしのいでいた。和昌が思い描く夢は、あまりに甘い。カフェがうまくいかなくて、同じ店内で親子二人きりで、いつ来るともしれぬ客を待ち続ける――。想像するだけで気が滅入《めい》る光景である。

ソファでスポーツ新聞を読んでいると、チリンとドアベルが鳴り、客が入って来た。康彦は「はい、いらっしゃい」と言って腰を浮かしかけたが、顔を見て動作を止めた。

町役場の助役、佐々木だった。顔は知っているが口を利いたことはない。客なのか、それとも別の用事なのか。

「すいません、髪を切っていただけますか？」

厚手のダウンをまとい、ミシュランタイヤのキャラクターのように着ぶくれしている。外が寒いので、顔も強張《こわば》っていた。

「そりゃあいいですけど……、役場から歩いて来たのかい？」

「そうです。ここのところ、あまりに寒くて外に出てないから、運動ついでに。いやあ、でもやっぱり寒いなあ」

佐々木は両手で頰《ほお》をさすって言った。

「まずはストーブにあたれ」康彦は立ち上がって椅子を用意し、ダルマストーブの前に置いた。「時間はあるの？」

「大丈夫です。予定してた会議がキャンセルになって、時間が出来たから、そう言えば向田君の家が床屋さんだったたって思い出して。もう二カ月髪を切ってないから、じゃあ行ってみようって――」

佐々木が白い歯を見せる。

「そう。うちは組合に入ってるから、髭剃《ひげそ》りを入れて三千七百円だけど、いいべか？」

「もちろんです」

「いつもは札幌で切ってるの？　好みのスタイルがあったら、なんでも言って」

「二カ月間に長くなった分だけカットしてください。あとは適当に」

佐々木は快活だった。この人懐《ひとなつ》こさが青年団に好かれているのだろう。早速椅子に案内し、散髪に取りかかる。

「この店、立地がいいですね。役場からも警察からも歩いてこられるし」

佐々木が言った。

「ああ、そうね。だから公務員関係はみんなうちに来てくれるさ。その代わり、スポーツセンターと町営住宅がある地区の人は、もう一軒の店に行くけど」

「なるほど、棲《す》み分けが出来てるわけですね」

「町に二軒きりの床屋が競争してもしょうがねえべ。だから互いの客は盗《と》らねえっていうのが暗黙のルールって言うか、礼儀っていうか……」

「そうですか。苫沢は広さだけなら東京の世田谷区と杉並区を足した面積に匹敵しますからね。分担した方がいいわけだ。でも、ほとんどの町民は、散髪も買い物も車がないとお手上げですね」

「まったくさ。年寄りだけの世帯で、車に乗れなくなったら、もうどうしようもないね」

「みなさん、一カ所に集まって住むって発想はないですかね」

佐々木が妙なことを言った。康彦が思わず手を止め、鏡の中の顔を見る。

「それ、どういうこと？」

「苫沢の一番の弱点は、住民がバラバラに住んでることなんですよ。だから行政サービスも効率が悪いし、インフラ整備も行き届かない。たとえば、飛鳥《あすか》地区に住んでいる十数世帯。全員六十五歳以上。あの人たちが集団で町営住宅に引っ越してきてくれると、飛鳥に通じる道の、冬期の除雪作業をやらなくていいことになる。これって予算的には凄く大きいんですよね」

「いやあ、でも飛鳥の人たちは、先祖代々の土地に住んでるわけだし、農業を続けてる人もいるし、そう簡単には手放さねえべ」

「そうでしょうね。でも後継者はいないって聞いてるし、だったら病院もスーパーも近い町営住宅に住んでもらった方が、この先安心なんじゃないかって、ぼくなんかは思うんだけど」

「それはつまり、自分の土地を捨てて引っ越せっていうことかい？」

「まあ、そういうことです」

佐々木があっさりと言うので、康彦は少しむっとした。康彦自身、土地や墓にこだわりはないが、軽く言われると腹が立つ。

「要するに町のダウンサイジングですよ。広い家にばらばらでいるより、一部屋に集まった方が暖房費が助かる、そういう理屈です」

「そう言われると、その通りだけど……」

相手は客なので反論しなかった。しかしそれを言うなら、苫沢の町民全員を札幌近郊に移住させた方が早いという話になるのだ。

「佐々木さん、故郷はどこ？」

「そう」

「長野です。うちの実家も田舎で、衰退する地方の問題はよくわかってるつもりです」

「田舎の人は高齢になったら、集合住宅に住んだ方がいいですよ。子供も安心だし」

「そうね」

佐々木はよくしゃべった。助役だが威張《いば》ったところは少しもなく、過疎地を見下すこともなく、真面目に苫沢の将来を考えているようだった。もとより官僚だから、使命感が強いのだろう。妻と幼子を連れての赴任というのも、好感を呼んでいる。

奥から恭子が出て来て、鏡越しに挨拶《あいさつ》し、床に落ちた髪を箒《ほうき》で集めた。気づかないようなので、康彦が教えてやった。

「おい、助役の佐々木さんだ。和昌から聞いてるだろう」

「あらまあ、そうでしたか。息子がお世話になってます」

恭子が恐縮し、横まで行って頭を下げた。

「和昌君が苫沢に帰って新しいことをやりたいって言ってくれてるので、とても期待してるんです。和昌君みたいに、故郷の将来を憂《うれ》う若者が一人でも多く出てくれれば、苫沢もきっと変わると思うんですよ」

佐々木が恭子に言った。

「わたしもそう思うんですけど、主人がね、こんな町で散髪屋を継いでもお先真っ暗だ、嫁の来手もねえなんて、そういうことばっかり言うんですよ」

「おい、人のせいばっかにすんでねえ。おまえだって丸々賛成ってわけでないだろうが」

「お父さんよりは前向きです。ちゃんと応援します」

恭子が顎《あご》を突き出して言い返す。

「おまえな、お客さんの前で喧嘩《けんか》なんか吹っ掛けるな」

「いえ。ぼくなら構いません」佐々木が苦笑して言った。「親御さんの不安はもっともです。ガソリンスタンドの瀬川君なんかも、親御さんからは新事業を反対されているみたいですから」

「瀬川石油の倅も何か始めるんだ」

「スタンドに本屋さんを併設する計画です。それも漫画本に特化して、文化発信基地にしたいそうです」

「ふうん」

康彦は瀬川に同情した。いずこも同じである。若いから、夢を語り合うだけで盛り上がってしまうのだ。

「で、佐々木さんは、うまくいくと思うかい？」

「わかりませんが、じっとしているよりはいいでしょう。将来ある若者が、初めから斜《しゃ》に構えて何もしないなんて、人生が勿体《もったい》なさ過ぎる」

「そうなんですよ。わたしも失敗のひとつやふたつ、してもいいんじゃないかって――」

恭子が我が意を得たりと相槌《あいづち》を打った。

「お金に余裕があればいいよ。でもカフェの開業に五百万円かかるとして、だめだったら借金が残るだけだべ。いくら親子でも、おれは被れねえぞ」

散髪そっちのけで議論になった。

「資金に関しては、助成金制度を使えば負担軽減できますよ。過疎地で暮らす町民の新事業に無担保無利子で三百万円まで融資する特別制度があって、苫沢町は対象自治体です」と佐々木。

「それは和昌から聞いてるけど、くれるわけじゃねえべや。借金には変わりないっしょ」

尚も康彦が食い下がると、佐々木は上半身を覆《おお》ったエプロンから左腕を出し、時計を見た。

「ああ、すいません。おしゃべりばっかして。本当なら勤務時間中だもんね」

康彦は慌《あわ》てて鋏《はさみ》を動かした。仕上げに取りかかる。恭子は脇で髭剃りの準備を始めた。

佐々木が、一転して穏やかに言った。

「ほかにも、町はいろいろな方法を模索中です。東京から著名な空間プランナーを呼んでアドバイスを受けたり、あるいはファンドを設立して、有望な事業には投資をしたりと……。とにかくバックアップだけはちゃんとしたいというのが町の方針です。ですから我々が願うのは、町民のやる気なんです」

「ほらあ。お父さん」

「うるさい。おまえは黙ってろ」

康彦は、これなら青年団が心酔するのも納得がいった。過去にも霞《かすみ》が関《せき》から出向してきた役人はいたが、みんな財政再建に目を光らせるだけで、町民と触れ合うことはなかった。和昌たちは、初めて構ってもらえたのだ。

「こんな感じでどうですか？」カットを終え、鏡の中の佐々木に向かって言う。

「ええ、結構です」簡潔な返事だった。

気に入ってくれたのかどうか、表情からは読み取れない。

3

理髪店の定休日、瀬川の倅のことが気になっていたので、給油ついでに話を聞きに行くことにした。瀬川石油は、炭鉱があるときは三店舗のガソリンスタンドを持ち、羽振りがよかったが、閉山するやたちまち経営に行き詰まり、一店舗を残すのみとなった。それも灯油の配達が主で、人里離れた家にも行かなければならないため、冬場は雪かきの毎日である。

「瀬川君、どうだべ、景気は」給油の後、事務所で声をかけた。息子は配達に出かけているとのことだ。

「やっちゃん、それは嫌味で聞いてるべか？　畑山《はたやま》地区の部品工場が一昨年撤退してから、売り上げはずっと下がりっ放しだ。首くるときは手伝ってくれ」

瀬川が顔をしかめ、首吊りのポーズをしておどける。彼もまた幼馴染の一人だ。

「ところで、助役の佐々木さんって、ここには来るかい？」

「ああ来るよ。公用車を自分で運転して、給油もセルフでやるべさ」

「この前、その佐々木さんがうちへ散髪に来たとき聞いたけど、陽一郎《よういちろう》君、店舗を改装して書店を併設するのかい？」

康彦が聞くと、瀬川は一瞬答えに詰まったのち、「馬鹿が張り切ると始末に負えねえ」と鼻で笑った。

「じゃあ、瀬川君は反対か」

「当たり前だ。図書館がつぶれるような町で、どうして書店がやっていける。苫沢の人間は昔から本は読まね。それをうちの店から文化を発信したいだの、甘い夢を見て、寝言をたれやがって」

苫沢には、ハコモノ行政時代に建てられた、分不相応に立派な図書館があったが、利用者があまりに少なくて維持できなくなり、五年前に閉館した。

「で、陽一郎君はなんて言ってる？」

「漫画に特化すれば客は来るって言うが、オメ、年寄りばっかの町で、どうして漫画で客を呼べる。そもそも人がいねえんだ。今日だって、ガソリン入れに来た客はやっちゃんで二人目だぞ。あとは灯油ばっかり。うちは灯油の配達屋。それ以外に生きる道なし」

瀬川がきっぱり言い切るので、康彦は心強くなった。

「じゃあ、許さねえわけだね」

「うん、まあ……」けれどここでトーンダウンした。「跡を継いでくれるって言うから、そこはなんと言うか、あんまり抑えつけるのもマズイかなって、女房とは話してるんだけど……」

瀬川が話を続ける。「こんな過疎の町に残ってくれるだけで親としてはありがたく、失敗に終わったとしても、三百万くらいなら陽一郎の授業料として諦めてもいいかなって……」

「何よ、ずいぶん太っ腹じゃないの」

「だって女房は、倅がこっちで嫁さんもらって、孫が出来て、孫と一緒に暮らせるのがいちばんありがたいなんてこと言ってるから……」

「嫁のあてはあるべか」

「今はねえけど、ほら、役場の主催で《町コン》を年二回開いてくれるっていうから、そっちに期待するのもアリかなって……」

「ふうん」

康彦は吐息を漏らした。もっと強硬に反対していると思っていたので、当てが外れた。

「何よ、やっちゃんは和昌君が帰って来てくれてうれしくねえのかい」

瀬川がお茶をすすって言った。窓の外では小雪が舞い始めている。

「父親としては複雑だ。息子が十八で家を出たとき、広い世界で好きなように生きて行けばいいって、一度は気持ちを固めてるからね」

「んだな、和昌君は大学出てるんだもんね。昔から勉強出来たし。その点、陽一郎は丈夫なだけが取り柄のバカ息子だから……」

「そんなことはねえべよ。陽一郎君もしっかりしてるべさ」

お世辞を言ったが、康彦は、成績のいい息子を自慢に思っていた時期もあった。だから和昌には都会で頑張って欲しかったのである。

「でもさあ、やっちゃんだって札幌でバリバリ働いてたのに、親父《おやじ》さんが病気になって帰って来たわけだべ？　田舎暮らしだって、決して捨てたもんじゃねえってことだべさ」

「まあ、そうだけど……」

「おれもシュウちゃんも、やっちゃんが帰って来ることになったときは、それはうれしかったべさ。また一緒になって遊べるって——。陽一郎が張り切ってるのも、和昌君がいるからさあ」

「そんな、買い被らんでくれ。きっと札幌でうまくいかなくて帰って来たんでねえべか」

ついロをついて出てしまった。心の奥底でずっとくすぶっていた感情だ。

「おい、やっちゃん。実の息子でも、そったらこと言ったらいけねえぞ」

瀬川が真顔で諫める。

「……ああ、そうだね。わかってるさ」

答えながら、喉《のど》の奥から苦い思いがこみ上げてきた。札幌でうまくいかなかったのは、三十年前の自分だ。大学を出て、中堅の広告代理店に就職し、張り切って働いていた。しかし希望の制作部に配属されると、自分にはアイデアを出す能力がないことを思い知らされた――。

「ところで店が休みなら、これからうちで麻雀《マージャン》やんねえか。どうせシュウちゃんも暇だろうし、もう一人ぐらいすぐに見つかるぞ」

「瀬川君の店はいいの?」

「もうすぐ陽一郎が配達から戻ってくる。そしたら店番も頼むさ」

「はは、息子さまさまだ」

「そう。だからやっちゃんも、和昌君が理容師になったら、半分隠居を決め込んで、のんびり暮らせばいいべや」

「そういうの、アリかな」

「アリ、アリ」

二人でアハハと笑う。いつのまにか雪が本降りになってきた。こうなると苫沢はゴーストタウンと化す。誰も出歩かず、道には車さえ見かけない。平日の昼間なのに、町全体が静寂に包まれている。


その夜は吹雪になったので、和昌も出かけることが出来ず、夕食後は自室にこもり、何やら机に向かっていた。

「和昌は部屋で何やってるべ」康彦が聞くと、恭子から「佐々木さんに見せるカフェの計画書だって」という答えが返ってきた。

「ずいぶん気の早い話だな。まだこれからバイトで金をためて、それから札幌の理容学校に二年通って、その先のことだべや。まだ理容師の資格も取ってない段階で、何を浮かれてんだか。だいいちその頃には、佐々木さんは霞が関に戻ってるんだろう？　まったく田舎の若者を焚《た》きつけて、いい気なもんだ」

康彦の中に、なんとなく苛《いら》つく気持ちがあり、皮肉を口にした。

「またそういうことを言う。そりゃあ総務省の官僚は異動がある仕事だから、いつまでも苦沢にはいられないけど、佐々木さんが種を蒔《ま》けば、次に来てくれた人が水をやって、そのまた次の人が肥料をまいて、そうやってみんなで大きく育てていくものじゃないの」

「おまえ、急にあの役人の肩を持つようになったな」

「だって熱心ないい人じゃない。東京から出向してきた役人は、みんな単身赴任か、奥さんと子供は札幌に住まわせて週末になると会いに行くとか、そういう人ばっかりだったでしょう。でも佐々木さんは、ちゃんと奥さんと子供を連れての赴任だもん。それだけ気持ちがこもってるってことよ」

恭子が諭《さと》すように言った。

「単純だべ、女は。そったらもの、二年で東京に戻れるってわかってるから、家族一緒に来たんだべや。それも四歳の小さな子だろう。あれが小学生なら、有名私立も学習塾もない苫沢に連れては来ねえべ。ポーズだけだ」

「まったく、ひねくれたものの見方して。和昌がお父さんに似てないってことだけははっきりしたわね」

恭子が呆れている。康彦は、この機会にふと聞いてみたくなった。

「なあ、今さらなんだが、和昌がなんで会社辞めたか、おまえ、聞いてねえか」

「朝から晩まで上司の命令通りに働くことに虚しくなったんじゃないの？　お父さんにも

言ってたでしょう」

「あいつ、会社ではどうだったんだ。評価はされてたのか」

「知りませんよ、そんなこと」

「一年と経たないで辞めるっていうのは、どこか問題があったんじゃねえのか？」

「問題があったって、会社に？　和昌に？」

「それは……」康彦が返事に詰まる。

「どっちが悪いとか、そういうことじゃなくて、就職するって結婚と同じで、好き合って一緒になったものの、いざ暮らし始めたらこんなはずじゃなかったって、そういうの、よくあることだし、和昌の場合もそうなんじゃないの？」

恭子はテレビに向きながら、面倒臭そうに答えた。

「だったらなんで札幌で転職先を探さなかった」

「知りません。サラリーマンは自分には向いてなかったとか、そういう理由だってあるんじゃないの」

「今になって思い返すんだが、和昌、去年の盆休みに帰って来たとき、えらくやつれてたべさ。もしかして仕事が辛いんじゃないかって、そんな気がしてたんだけど」

「お父さん、何が言いたいのよ」

「いや、そういう料簡だと、理容師も長続きしねえんじゃねえかって……」

「いちいちケチつけるのね。素直じゃないんだから」

恭子が会話を打ち切るように立ち上がり、「わたし、お風呂に入る」と部屋を出て行った。康彦が居間に一人残される。テレビでは興味の湧かないドラマをやっていたが、チャンネルを変えたところで似たような番組ばかりだろうし、かといって消せば静寂に襲われるだけなので、ぼんやりと眺めていた。

実際のところ、息子がどういう思いで郷里に戻り、理髪店を継ぐことにしたのかは、知りたい気持ちと、知りたくない気持ちとが半々で、直接聞く気にはとてもなれなかった。もしかして自分と同じ道をたどっているのではないか。そう考えると、胸が痛くなる。

康彦は中学生の頃から、家業を継ぐ気がなく、都会に出て行くことを夢見ていた。英米のポップスと洋画が大好きで、小遣いをためてはレコードを買い、町の映画館に通った。自分がミュージシャンや映画監督になるのは無理としても、文化に隣接する仕事に就くことを夢見ていた。

札幌の私立大学に進学し、就職活動では東京のレコード会社や出版社の入社試験を受けた。さすがに大手は難関で、全部落ちたが、札幌の広告代理店に受かったので、卒業後は晴れてマスコミ関係の一員として社会に羽ばたいた。

当初は広告マンという肩書がうれしくて、帰省するたびに業界人を気取って見せたが、実際は営業で、外回りの日々だった。

入社三年目に念願だった制作部への異動が決まった。康彦は張り切り、広告作りやキャンペーン計画に取り組んだが、ものの三カ月で自分には無から有を生み出す創造力に欠けていることを思い知らされた。プラン会議で、何ひとつまともなアイデアが出せないのである。苦心してひねり出すプランは、どれもどこかで見たことがあるもので、上司からはすぐに「使えない部下」として冷たい視線を向けられることとなった。クライアントも同様で、大勢いるプラン会議の席で、「向田さんはいつもイマイチだねえ」と言われたことは、今もトラウマとして心に突き刺さっている。

結局わずか一年で配置換えされ、今度は管理部へと移った。そこで与えられたのは社員の福利厚生を扱う仕事だった。回る先は役所ばかりである。苫沢の昔仲間にはそれが言えず、帰省したときはさもクリエイティヴな仕事をしているように振る舞った。谷口や瀬川は、まだそれを信じているのだろう。

康彦は打ちひしがれた。これまでも受験や就職でふるいにかけられたことはあるが、所《しょ》詮《せん》ペーパーテスト上のことに過ぎない。今度は実践で失格の烙印《らくいん》を押されたのだ。校庭で繰り広げられている級友たちの楽しい運動会を、自分一人だけ校舎の窓から眺めている。

そんな心境だった。

康彦は、大学時代から付き合っていた恭子に自分の置かれた立場を教えなかった。恋人に弱音を吐きたくなかったし、自尊心もあった。恰好《かっこう》をつけていないと、もっとみじめになる気がした。

そんな鬱屈《うっくつ》した日々を送っている最中、父親が椎間板《ついかんばん》ヘルニアを患い、立ち仕事である理容師が続けられない事態になった。康彦は三日考え、故郷に帰ることにした。そのとき二十六歳。今思えばまだペイペイの二十六歳だが、そのときは敗者の気分で、現状から逃げ出すにはいい口実となった。

家業を継ぐため会社を辞めたいと上司に告げると、上司は急にやさしくなり、「そうか、残念だが仕方がないな」と白々しく励ました。送別会は開かれなかった。同僚から「やる？」と聞かれ、「いい」と答えたら、あっさりやらないことになった。

会社員最後の日、挨拶なしではまずかろうと、職場で同僚たちを前に簡単な挨拶をした。上司からは「みなさんで向田君の一層の活躍を祈りましょう」と言われ、拍手を贈られた。それが終わると一人で退室し、下りのエレベーターに乗った。もう誰も康彦を見てはいなかった——。

もう四半世紀以上前なのに、このときの記憶はなかなか消えてくれない。何かの折に、地震のように心を揺さぶり、康彦を消沈させる。

現状に不満はない。理容師という仕事に誇りを持っているし、自分の技術も自負している。けれど別の人生があったのではないかという思いが、心の奥底にあり、ときどき康彦を苦しめる。五十三歳の中年男が、こうなのだ。

吹雪がますます激しくなり、雨戸を叩く音が家中に響いていた。炭鉱がなくなった今、何を好き好んでこんな僻地にみんなで暮らしているのか。ときどき自分でもわからなくなる。

4

三月に入ってすぐに、中学時代の恩師が他界した。苫沢生まれの国語教師で、授業中によく詩吟を詠《うた》って聞かせる面白い先生だった。八十五歳だったというから天寿を全《まっと》うしたと言っていいだろう。

生徒から好かれていたので、葬儀には大勢の元教え子が集まった。康彦も参列した。だいいち店にいつも来てくれるお客さんでもあったのだ。

葬儀は町のホールを借りて、盛大に執り行われた。札幌や仙台、中には東京から駆けつけてきた者もいて、会場はさながら同窓会のようだった。

「おまえ、すっかり頭が薄くなったな。誰かわからなかったぞ」

「うるさい。おまえこそブクブク太って。紅顔の美少年はどこへ行った」

昔同様、遠慮なくものが言え、みながよろこんで童心に返った。

康彦は長らく同窓会には出席してなかったので、町を出て行った元同級生と会うのは本当に久しぶりだった。同窓会に出なかったのは、都会でバリバリ働く昔の仲間を見るのがいやだったからである。田舎の理容師である自分には、彼らの活躍が眩《まぶ》しく映り、気後れしてしまう。

参列者の中に、早稲田《わせだ》を出て東京の大手広告代理店に勤めている、篠田《しのだ》という元クラスメートの姿があった。同級生では一番の出世頭である。彼が参列していることに康彦は驚いた。わざわざ飛行機に乗って来たのか。

式の後、ロビーで声をかけた。

「やあ、篠田君。えらくご無沙汰《ぶさた》してるけど、ぼくのこと、憶えてる？」

「康彦だろう。当たり前だ。よくレコードの貸し借りをしてたじゃないか」

篠田が白い歯を見せる。名前を呼び捨てにしてくれたので、一気に距離が縮まった。

「しかし、よく東京からわざわざ来たな。会社は休んだべか」

「うん、まあね」

「オメもすっかり貫禄が出たな。だいぶ偉くなってるんだろう。よかったら名刺くれ」

康彦が言うと、篠田は一瞬表情をくもらせた。

「いや……、実はおれはもう電通《でんつう》じゃないんだ」

「へえー。転職したの？」

「そうじゃなくて、関連会社に出向だ。だから昔みたいに忙しくはなくてな。西澤《にしざわ》先生のことは好きだったし、お別れぐらいはしておこうって――」

「ふうん」康彦は言葉の接《つ》ぎ穂を失った。出向ということは、降格なのだろうか。康彦に判断はつかない。

「苫沢はやっぱりいいな。うちは親も兄弟も札幌の近くに移ったから、ここに来るのは二十年ぶりくらいかな。昔のまんまだね。うれしくなった。実を言うと、葬儀に出たのは、苫沢を見たかったというのもある」

篠田が空を見上げ、伸びをして言った。

「そりゃオメのノスタルジー。住んでるおれらは寂れるばかりでたまらんべ。倅が散髪屋を継ぐって言ってるけど、親としては複雑よ」

「ふうん。そんな息子がいるんだ。いい話じゃないか。おれは苫沢から出た人間だから、偉そうなことは言えないけど、町の若い人たちには頑張って欲しいと思ってるよ」

「勝手を言うな。三十年前から人口は減る一方だべ。オメが家族連れて帰って来い」

康彦が冗談でつつくと、篠田は目を伏せて苦笑した。「それもいいかな」ぽつりと言う。

「子育ても終わったし、カミさんと二人、のんびり暮らすのもいいかもしれん。なあ康彦、何か仕事はないか。役場の嘱託か何かで。給料は安くてもいいよ。こっちは金がかからないだろうし。どうせ町営住宅は空《あ》いてんだろう？　ここへ来る途中、町も見て来たけど、きれいな団地があったじゃないか。そこでいいよ。でもって農地を借りて、野菜作りもしてみたいな。おれだってジャガイモぐらいなら作れるだろう。いいねえ、晴耕雨読。シンプルライフ。そういうのが本当の人生よ。結局、行きつくところは田舎暮らしなんじゃないの。イギリスなんかだと、リタイアした人間の多くは田舎に引っ越すそうだし。この歳《とし》になると康彦が羨《うらや》ましいよ。人間、自然に囲まれて暮らすのが一番だ」

康彦は黙って聞いていたが、気楽な物言いにひとこと言いたくなった。

「おい篠田。帰って来る気もねえくせに、そういうこと言うな」

「そんなことはないさ。結構本気だぞ」

「うそこけ。東京に立派な家があるんだろう？　少し歩けばスーパーもコンビニもあって、洒落《しゃれ》たレストランもブティックもあって、そういう中で三十年以上も暮らした人間が、何もねえ苫沢に帰って来れるもんか」

康彦がむきになって言うので、篠田は少したじろいでいた。

「いや、だからさ、そういうのは充分味わったから、もういいかなあって……」

「じゃあ病院はどうする。救急病院なんて、苫沢にはねえぞ。病院はもういいってわけにはいかねえぞ」

「何よ、絡《から》むなよ」

「絡んでね。現実の話だ。オメ、カミさんと二人のんびりと暮らすなんてことを言うが、お気楽過ぎねえか。冬の雪かきの大変さはもう忘れたか？　月も星もない夜の暗さをもう忘れたか？」

「おい、康彦。むきになるなよ。軽い話のつもりなんだから」

「軽い話で田舎を語るな。いいか、苫沢に明るい未来なんかねえ。そのことをわかってるって言うなら帰って来い」

「ちぇっ。なんでおれが康彦に説教されなきゃならねえんだよ」

篠田が不愉快そうに口をすぼめた。

「東京でどういうことがあったか知らねえが、故郷はその避難場所じゃねえってことだ」

康彦が話の勢いで言う。すぐにしまったと思った。案の定、篠田が顔色を変えた。額に血管が浮き出る。

「おまえね、確かにおれは出向したよ。お察しの通り片道切符だよ。でもな、仕事で負けたからって、シッポ巻いて田舎に逃げ帰るような男じゃないぞ。馬鹿にするな。お気楽なのはおまえだ。胃の痛くなるような仕事をしたことがあるのか。プレッシャーで夜も眠れない経験をしたことがあるのか。いいよな、競争のない散髪屋で。毎晩ぐっすり眠れるだろう」

今度は康彦が頭に血が昇った。

「なんだと。オメ、散髪屋を馬鹿にしてるべ」

こうなると子供の喧嘩である。そばにいた谷口たちが気づき、慌てて割って入った。

「おまえら、先生の告別式で、何を言い合いしてるのさ」

「康彦がおれに絡むんだよ」と篠田。

「篠田が田舎を馬鹿にすっからだ」と康彦。

共に腕を引っ張られ、会場の隅と隅に分かれて連れて行かれた。

康彦は谷口に向かって、篠田に非があることを訴えた。「わかった、わかった」谷口が困り顔でなだめる。

ただ、まくしたてながら、康彦は自己嫌悪に苛《さいな》まれた。これはどう考えても自分が大人気なかった。篠田は社交辞令で「田舎はいい」と言ったに過ぎない。それを康彦がひがんだ物の見方をして、嚙《か》みついたのである。

たぶん自分には、一生を田舎でくすぶったというコンプレックスがあるのだ。それだから、息子の決断まで疑ってしまう。

篠田は憤慨して帰っていった。もう苫沢には来ないだろうと思った。


苫沢にもそろそろ春の気配が訪れた頃、助役の佐々木が東京からイベントプランナーを呼び、町おこし講演会が開催された。ハコモノ行政の遺産とも言える町民ホールに青年団と商工会の面々が集まり、話を聞き、その後ディスカッションを行うというプログラムだ。和昌たちは、自分たちのプランを専門家にぶつけて意見を聞きたいと、大張り切りで半月前から企画書を練っていた。

康彦たちロートル組は、さして興味を持てなかったが、佐々木からぜひ参加して欲しいと言われ、渋々行くことにした。どうせ気障《きざ》で口だけ達者なハッタリ屋が来るのだろうと思っていたら、その通りの男だった。だいたい赤いセルフレームの眼鏡だけでも気に入らない。

「いいですか。みなさんの財産は、この広大な自然です。これはいくらお金を払っても手に入らないものなんです。東京には原っぱひとつない。学校の校庭だってクレーコートです。子供は泥遊びすら出来ない。人間は、人に指摘されるまで自分の才能がわからないと言いますが、町もそうなんです。苫沢町の人たちは、苫沢の価値がわかっていない」

壇上で身振り手振りを交えて話す男は、発する言葉に澱《よど》みがなく、いかにも講演慣れした様子だった。おそらく過疎の町や村を回って、同じような話をしているのだろう。ときおりジョークを交え、聴衆を笑わせるところなど、いかにもプロである。

和昌たちはメモを取りながら、熱心に聞き入っていた。要するに、このプランナーとやらが唱えているのは、過疎地の不便や苦労も、発想の転換をすれば町おこしのヒントになるということだった。

「冬は雪で閉ざされる。結構なことじゃないですか。だったら空いている町営住宅をアトリエとして安価で作家や芸術家に貸し出しましょうよ。そういうプランをメディアを通じてアピールするだけで、苫沢の名前が全国に知れ渡る。たとえ実績につながらないとしてもニュースにはなる。これは広告に換算すれば数億円です。苫沢からニュースを発信する。そのためには何かを始めなくてはならないんですね」

康彦は、自分の偏狭さをここ最近反省していたので、なんとか素直に耳に入れようと努めたが、だめだった。こんな話は二十年前から聞かされていたのである。映画祭を誘致すれば人が集まる、炭鉱博物館を造れば観光客が訪れる、全部当てが外れた。証拠はこの町のあちこちに残骸として転がっているのである。

康彦はどうしても疑念を抱かずにはいられなかった。過疎の町に、東京から入れ代わり立ち代わり人がやって来て、この地には可能性があるとおだてるのは、住民に一時の夢を抱かせて、慰め、都会との格差をうやむやにしたいのではないかと。江戸時代の士族階級が、農民の身分を商人より上だとして機嫌を取り、年貢を取りやすくしたようなものである。

基調講演が済むとディスカッションに入り、活発な意見交換がなされた。和昌も挙手して発言した。

「ぼくはカフェが軌道に乗ったら、コミュニティFMを開局したいという夢を持っているのですが、やはり一番の問題は機材等にかかる費用と、いかにして採算ベースに乗せるかだと思うんです。苫沢の場合、広告はほとんど期待できず、スタッフも当面はボランティアということになるんだけど、FM局が出来たら、地域の広報機能とか、災害時の情報提供に使える利点もあるわけで、町からどの程度のバックアップが得られるのか、そういう点を、大雑把《おおざっぱ》でいいですから教えてもらえませんか」

康彦は授業参観を思い出した。息子は昔からよく発言する子供だった。懐かしさを覚えつつ、変わらないなあとため息も出た。だいたいが飽きっぽい息子なのだ。

和昌の質問には司会役の佐々木が答え、それについても活発な質疑応答があり、会は賑《にぎ》やかに進んでいった。

暇だから見物に来た年寄りたちも、青年団のやる気には目を細めている。彼らには若者がこの町にとどまってくれることが、一番の幸福なのだろう。

「それではお父さん世代の方々のご意見も伺いたいのですが、どなたかございませんか」

佐々木が会場を見回す。康彦と目が合った。

「向田さん、これまで聞いていていかがですか？」

水を向けられ、一瞬言葉に詰まった。ここで会をしらけさせないのが大人のマナーだろう。張り切っている若者たちに水を差すことはない。

しかし、やっぱり、ひとこと言いたくなった。自分たちだってこの三十年間、ただ手をこまねいていたわけではない。町おこし事業は何度も試みてきた。それでも町民は減り続け、財政は逼迫《ひっぱく》の度を深めてきたのだ。

「佐々木さんにひとつ聞きたいんだけども、これまで財政破綻した過疎地で、町おこしに成功した例はあるんだべか？」

康彦が立ち上がって質問する。みなの視線が集まった。

「町おこしの成功例はたくさんあります。動物園を大ヒットさせた旭山《あさひやま》市がそうですし、地元商工会でサッカーチームを創設し、J2まで昇格させた市もあります。ただ、苫沢のように財政破綻をした町となると、残念ながらまだ成功例はありません」

佐々木が正直に言った。

「あんた、本当にカフェだのラジオ局だので、町が甦《よみがえ》ると思ってるべか？」

「甦るかどうかはわかりません。もし炭鉱があった頃の活気を期待なされるなら、それは無理です。町の基幹産業が丸ごと消えたわけですから。しかし、今より元気になるかどうかについては、元気になると信じています」

ぶしつけな問いかけにも、佐々木は穏やかな表情を崩さない。

「じゃあ聞くが、あんた方、この町に住みたいかい」

「うーん、それは答えるのがむずかしいですね。だいいちわたしの故郷は長野ですから」

佐々木が苦笑する。

「一般論として聞いてるのさ。あんたら、過疎の町を可能性があるとか言ってやたら持ち上げるが、自分は住む気はあるべか？　それともねえべか？」

「お父さん」

横で恭子がささやき、シャツを引っ張った。康彦はそれを振り払い、話を続けた。

「みんなが盛り上がっているところでこういうことを言うのは気が引けるけど、わたしらの世代はもう現実をいやってほど見てきた。税金を投入して、第三セクターとやらを作って、工場を誘致したり、あれこれ事業を興してきた。だども全部ダメだったべ。あれだけ金を使ってダメだったもんが、若い人たちの熱意だけでなんとかなるとは到底思えね。こったらこと言うと、町民みんなから叱られると思うけど、苫沢は沈みかけの船だべ。沈む船なら、親としては子供を逃がしてやりたい」

「おい、向田さん、それは言い過ぎっしょ」

「それはちょっとひどいんでねえのか」

ほかの参加者から抗議の声が飛んだ。

「すんません。怒るのは当然だと思います。でも、事実なんだからしょうがねえ。わたしが言いたいのは、東京の人たちが、自分たちはこの先乗船するつもりもないのに、地元の若者たちをおだてて、船にとどめようというのは、なんか無責任じゃねえのかって、そういうことを思うわけです」

康彦の声が上ずる。話しているうちに気持ちが高ぶってきた。

「じゃあ、どうすればいいんですか？」

佐々木が冷静に聞いた。

「腹案なんかねえ。ねえけど、あんたらの町おこしには素直に賛成できんのですよ。これは人で言うなら終末医療みたいなもんだべ。延命処置を施すのか、天にゆだねるのか。わたしは天にゆだねるっていうのも、選択肢としてあってもいいんじゃねえのかって、そう思うわけです」

会場に不穏な空気が流れた。前の席から振り返り、不愉快そうな目を向ける若者が何人かいた。

「ええと、それでは今の向田さんの発言に対して、何かご意見はありませんか」佐々木が聞く。

「沈む船かどうか、やってみねえとわからねえべ」

そのとき、和昌が低い声で唸《うな》るように言った。静まり返っていたので、会場中に届いた。

「やりもしねえで、沈むってどうして言える」

「もうやったべさ。これまで何度も。それでもだめだった」康彦が応じる。

「親父たちはやってだめだったかもしれねえけど、おれたちはまだやってねえ」

「おまえたちはそう言うが――」

「親父たちがどう思おうが、おれたちのやる権利までは奪うなよ」

「そうだ、そうだ。カズ君のおじさんは黙っててくれ。おれたちは苫沢が好きだから、たとえ沈みかけの船だとしても、指くわえて見てるわけにはいかねえ。そうだろう」

「おれたちだって現実が厳しいことぐらいわかってるべや。でも何かやりたいのさ。おじさんたちに迷惑はかけねえから、好きにやらせてくれてもいいんでないかい」

若者たちが反論すると、しばしの沈黙の後、谷口が拍手をした。「いいぞ、いいぞ、その調子だ。年寄りに負けるな」野次《やじ》を飛ばす。

恭子も隣で拍手をした。やがてそれは会場中に広がり、康彦は黙らざるを得なかった。

「ということでよろしいでしょうか」と佐々木。会場が笑いに包まれた。彼には願ってもない展開だろう。

康彦は座席に腰を下ろし、大きくため息をついた。恭子に向かって負け惜しみでふんと鼻を鳴らす。

一方で、どこか安堵する気持ちもあった。これでよかったのかもしれない。自分が恥をかき、和昌たちの株が上がった。言ってもしょうがないことを、自分は言ったのだ。見ない振りをして保たれる平和が世の中にはたくさんある。

野次を飛ばした谷口が後ろの席に来て、ポンと肩を叩いた。振り返ると、何も言わずに笑っていた。

向田理髪店の日常は今日も変わらない。朝の七時に開店して、じっと客を待つ。午前中に来るのは年寄りばかりで、せいぜい二組だ。いつも奥から母が出て来て、話し相手になる。天気のこととか、どこそこの娘がいよいよ嫁に行くらしいとか、そういう話だ。それを聞きながら、康彦は散髪をする。髭まであたって三千七百円。新しい客は来ないから、月の売り上げに上下動はない。

康彦はあと二十年、この生活を続けるつもりだ。その後店がどうなるかは知らない。和昌が跡を継ぐと言っているが、今でもあてにはしていない。

祭りのあと

1

苫沢町に夏祭りの季節がやって来た。毎年七月の最終週、金曜の前夜祭と土日の三日間、町の公民館広場で開催される。以前は八月のお盆休みに執り行っていたが、北海道の山間部にあたる苫沢では、その頃になるともう秋の気配が漂うのと、町の若い衆がよそへ遊びに行ってしまって淋しくなるとの理由から、平成に入ってからは時期をずらして今の七月開催が定例となった。

過疎化が進む元炭鉱町なので、盛大というわけにはいかないが、それでも屋台が立ち並び、盆踊りの宴《うたげ》が三晩繰り広げられ、札幌や本州から里帰りする若者や家族連れもいて、苫沢は一時の活気を得る。町で暮らす年寄り連中にとっては、雪で閉ざされる正月以上に待ち遠しいイベントだった。

「今度の祭り、向田さんのところ、美奈ちゃんは東京から帰ってくるべか？」

散髪中、常連客の馬場喜八《ばばきはち》が聞いた。喜八はすぐ近くに住む八十二歳の老人である。

「明日帰って来る。金曜か月曜を休めば、二泊三日で来れっからねえ」

康彦が鋏を動かしながら答える。

「美奈ちゃん、そろそろ結婚の話があるんでないかい」

「ない、ない。まだ二十五。最近の子は三十近くにならねと結婚しねえべ」

「こっちで探さなくてええべか」

「自分で探すっしょ。東京で。こっちには帰って来ん」

「そうだべなあ、苫沢にいても、仕事もねえしな」

喜八がしわがれ声で言う。この老人は傘寿《さんじゅ》を過ぎてからめっきり衰えた。最近は大きな声も出せない様子だ。散髪と言っても髪はほとんどなく、習慣と話し相手欲しさで月に一度通ってくる。

「ところで、武司《たけし》君は帰って来るの？」

康彦が聞いた。武司は喜八の息子で、高卒後に上京し、東京で一家を構えて暮らしている。

「ああ、今夜帰って来る。正月は嫁の田舎に帰らねえとなんねえから、一年に一回、苫沢に帰省する。娘の圭子《けいこ》は逆で、正月に帰って来て、夏は旦那の実家だ。だからみんなが揃うなんてことはもうねえな」

「ふうん。孫は来るべか？」

「来ねえ、来ねえ。もう孫は二人とも大きくなってる。もう三年ぐらいは会ってね。嫁さんも来ねから、最近は武司一人だ」

　喜八は笑って言うが、どこか淋しそうだった。

　苫沢町には老人だけの世帯が数多くある。喜八の家も奥さんと二人、毎日することもなく、ひっそりと生活していた。

　散髪を終えると、すぐには帰らず、康彦の母・富子《とみこ》とおしゃべりを始めた。そうこうしているうちに、今度は喜八の妻・房江《ふさえ》がやって来て「お父さん、帰って来ねえから心配して見に来たべさ」と言いながら、自分もおしゃべりに加わった。結局、昼まで店に居座るのだった。向田理髪店は町の井戸端である。

　午後になると、幼馴染でガソリンスタンド経営の瀬川が現れた。小型タンクローリーで乗り付けたので、配達帰りだろう。散髪ではなく、暇つぶしであることは最初からわかっていた。

「暑いべさー、今日は。天気予報ラジオで聴いたら、沖縄より北海道の方が暑いってさ」

　首にかけたタオルで汗を拭《ふ》きながら店に入ってくる。ソファにどっかと大きな尻を下ろし、持参したペットボトルのお茶を飲んだ。

「瀬川君、夏祭りの準備はどうなってる？　今年は実行委員だべ」

康彦も話し相手になることにして、スツールを引き寄せて座った。

「今年から倅に任せた。警備も交通整理も、全部陽一郎」

「青年団は青年団で仕事があるんでないかい。スポーツセンターの芝生グラウンドにキャンプ村を開いて、本州からバイクのツーリング客を呼び寄せるんだとか言って、張り切ってるでねえか。うちの和昌もそっちでかかりっきりだ」

「誰が来るか、苫沢の祭りなんぞに。毎度甘いことばっかり言ってて」

瀬川がふんと鼻を鳴らし、言い捨てた。もちろん本心は成功を願っているのだろうが。

青年団は、町を盛り上げようと、手を替え品を替え企画を練っている。しかし目立った成果を上げたことは一度もない。

「ああ、そうだ。今日、馬場さんが散髪に来て言ってたけど、武司君、今夜帰って来るそうだから、明日の晩、一丁麻雀でもやらねえか」康彦が言った。

「いいねえ。毎度同じメンツじゃ飽きてしまうし。東京モンから小遣い稼ぎするべ」瀬川がうれしそうに白い歯を見せる。「そうそう。ところで、馬場のジッチャン、まだ車の運転してるべか？」

「ああ、してるよ。いつも買い物に出かけるの、見てるさ」

「おれはどうかと思うねえ。去年、アクセルとブレーキを踏み間違えて、駐車場から田んぼに突っ込んだべさ。この前もスーパー裏の一方通行を逆走して、おれと鉢《はち》合わせよ。しようがねえから、こっちがバックしたけど。そろそろやばいんでないかい」

「そうねえ。ぼくもやめた方がいいとは思うけど……」

苫沢町には高齢者ドライバーが星の数ほどいた。公共交通機関がないに等しいから、自家用車がないと買い物にも行けないのだ。

「散歩の足取りも怪しいし。奥さんなんか一緒に歩くのいやだって、うちのバアチャンにこぼしてた」

「しょうがねえべ。八十二だ。おれらだって、親のことさ思うと他人事《ひとごと》じゃねえべ」

康彦も瀬川も父親は他界し、母親が残っていた。もしも逆なら大変なことになっていただろう。

「佐藤《さとう》君のところは、親を山縣《やまがた》の介護老人ホームに入れるってさ」

瀬川が同年代の知人のことを言った。

「そうなの？」

「親から言い出したらしいべ。なんせ玄関前の石段も上がれなくなったからね。山縣なら車で三十分だから、何かあったらすぐに行けるし、いいんでねえの」

「よく空いてたね」

「それが実は一年前から申し込んであったんだって」

「ふうん」

康彦がため息混じりに答える。苫沢の高齢化は深刻化していて、町全体の悩みのタネだった。もっとも過疎地はどこも似たようなものだろう。

瀬川は三十分ほどおしゃべりをして帰っていった。康彦は手持無沙汰《ぶさた》になり、ソファで雑誌を広げた。奥の部屋からはテレビの音声がかすかに聞こえる。母が一人でテレビを見ているのだ。妻の恭子は民生委員の寄り合いで出かけていた。通りに車の往来はない。今日も静かな苫沢町である。

窓の外、人影がすっと近づきドアが開いた。農協の理事長である。

「明日は祭りの前に組合で挨拶があるから、散髪でもしておこうと思ってね」

今日、二人目の客だ。康彦は急いで立ち上がり、「いらっしゃい」と愛想よく言った。

その夜、晩御飯を食べていると、房江が勝手口から顔をのぞかせた。

「富子さん。さっき武司が東京から帰ってきて、土産《みやげ》に佃煮《つくだに》を持ってきたから、富子さんのところにもおすそわけ」

「あらー、ありがとう」

母がうれしそうに受け取る。房江も上機嫌だった。

「おばさん、武司君に明日麻雀やろうって言っておいて」

康彦が首を伸ばして言った。

「うん。言っとく。うちの息子と遊んでやって」

「はは。みんな五十過ぎてんのに。おばさんは時間が止まってるべ」

早速もらった佃煮を御飯の上に載せて家族で食べる。

「おいしいわ。ここでは手に入らない高級品ね」

恭子が感心した。

「そりゃあ東京は佃煮の本場だし、武司君は安物なんか買って来ねえべ」

康彦が答える。武司は東京の大学を出て、中堅の食品会社に勤務していた。房江には自慢の息子で、八王子《はちおうじ》に家を建てたとか、昇進して部長になったとか、事あるごとに吹聴していた。普通のサラリーマンでも、東京で働いているというだけで、苫沢の人間には華やかな存在なのだ。

夕食後は店の後片付けをし、風呂に入り、テレビを見ていた。恭子は明日娘が帰って来るので、お祭り料理の昆布と黒豆を煮ている。

そこへまた房江がやって来た。「あ、あ、恭子さん、ちょっとお願い」そばにいた恭子に声をかける。今度は様子がちがっていた。蒼白《そうはく》な顔色で、息を切らしている。ただごとではないと思い、康彦も出て行った。

「おばさん、どうかしたべか」

「うちのお父さんが風呂場で倒れた」

「馬場さんが?」

「うん。今日はずいぶん長湯だって思って、心配して、お父さん、お父さん、って呼んでも返事がないから、見に行ったら、風呂に浸かったまま朦朧《もうろう》としてて——」

房江は何かにすがるように、両手を宙に動かして言った。奥の部屋から富子も出てきた。険しい表情で、「ほう、ほう」と叫ぶような相槌を打っている。

「おばさん、それで?」

「武司が引き上げて、それで病院へ運ぼうとしてるけど、重くて武司だけでは運べない」

「わかった。すぐに行く」

壁の時計を見ると、午後九時半を指していた。

そのとき、タイミングよく息子の和昌が帰ってきた。軽自動車のエンジン音、バタンとドアを閉める音、「ただいまー」という声と一緒に玄関が開く。

「和昌、ちょっと来い」大声で呼ぶと、和昌がどすどすと歩いて来た。

「馬場さんが倒れた。おまえ、ちょっと手伝え」

和昌は、みなの顔色を見て事態の深刻さを瞬時に察し、「うん、わかった」とうなずいた。

「車を出せ。お父さんはもう酒が入ってる。お前が運転して、お母さんとお祖母ちゃんとおばさんを乗せて馬場さんの家に行け」

「オッケー。了解」踵《きびす》を返し、駆け出した。

車が定員オーバーになるので康彦だけ走った。家族総出で、百メートルほど離れた馬場宅に向かう。周囲では田んぼの蛙《かえる》が囃《はや》すように鳴いていた。

家に上がり込むと、居間のソファに喜八が寝かされていた。横では武司がパジャマを着せている。

「やっちゃん、久し振り。夜分に悪いね」武司が申し訳なさそうに言った。

「なんもだ。それよりおじさん、どうだべさ」

「わかんね。口は利けるみてえだけど、体は動かん」

顔をのぞき込み、康彦は背筋がひんやりした。午前中は元気だった喜八が、体を硬直させ、意識朦朧となっている。

「救急車は呼んだか」

「親父が呼ばんでもええって言うべや。だから車で病院まで運ぼうと思って」

「ヤマダ医院は？　山田先生に来てもらうべ」

「さっき電話したけど留守だったさ。札幌で会合があるとかで出張中」房江が言った。

「もう、こんなときに」康彦は地団太《じだんだ》を踏んだ。

隣の山縣市の病院へ運ぶとなると、車で三十分はかかる。救急車を呼んだとしても、そこから来るので三十分は時間を要する。

「やっちゃん、車に乗せるから手伝ってくれるか。おれが運転して連れて行く」

武司が言った。

「道わかっか？　こっちでもう何十年も運転してねえっしょ」

「おふくろもいるから大丈夫だろう」

康彦と武司と和昌、男三人で喜八を担いだ。老人の力でも強固に手足を突っ張るので、おんぶすることが出来ないのだ。

家を出て車の後部座席に乗せようとする。ここでも体が曲がらず、四苦八苦した。そうこうしているうちに人が集まりだした。房江が近所に事の成り行きを説明している。

そのとき、突如として喜八がイビキをかき始めた。「ゴー、ゴー」と野太く鼻を鳴らしている。康彦はすぐに脳溢血《のういっけつ》だと思った。自分の父親がそれで死んだからだ。

「武司君、やっぱり救急車呼ぼう。うちらでは手に負えね」

武司が家の中へ駆け込む。人の輪が徐々に大きくなり、その中には警官も来ていた。慌てた誰かが一一〇番してしまったらしい。

「向田さん、パトカーで先導してもいいべ」警官が親切で言ってくれた。

「救急車呼んだから。そっちの方が確かだべ」

「この地区に看護師さんいたろう」誰かが言う。

「鈴木《すずき》さんだ。わしが連れてくる」誰かが走り出す。

喜八は依然、意識朦朧としていた。車の後部座席で、のけぞった姿勢で横たわっている。どうしていいのか、誰もわからない。

十分ほどして中年女性の看護師が連れられてきた。「ちょっと診させてください」車に乗り込み、脈拍を調べた。

「馬場さん、さっき大きなイビキをかいてたけどね」康彦が言った。

「それ、マズイべ」眉間《みけん》を寄せて振り返る。

「ぼくもそう思う。うちの親父が脳溢血で倒れたときも、イビキかいてた」

「とりあえず、気道を確保しねえとなんねから、一度車から降ろして」

看護師の指示により、また男三人がかりで車から出した。房江が家から毛布を持って来て、それを地面に敷いて寝かせた。

「馬場さん、馬場さん」看護師が声をかける。

「お父さん」房江が倣《なら》う。「親父」武司も呼びかけた。

喜八は「おお」とかすかに返事をするが、目は閉じたままだ。

そのとき救急車のサイレンが聞こえた。「来たっ」みなが口々に声を上げる。武司が待ちきれない様子で通りまで駆けて行き、赤色灯に向かって両手を振った。

玉砂利を踏みしめ、救急車が路地に入ってくる。救急隊員が三人降りてきて、すぐさま喜八をストレッチャーに乗せ、車内に納めた。武司が聴取を受け、経過を説明する。その間救急車内では、喜八に酸素マスクがつけられ、応急処置が行われた。

集まってきた住民は年寄りが多く、みなショックを受けている様子だった。「喜八さん、今朝も畑仕事してたべや」「屋台を出す青年団にあげるって、ネギを引っこ抜いてたべ」そんなひそひそ話が聞こえる。

「山縣中央病院に搬送します。奥さんは救急車に同乗願います。息子さんは車でついて来てください」

救急隊員がてきぱきと指示し、房江が乗り込んだ。武司は古びたシビックに乗り、エンジンをかける。喜八が二十年近く乗っている、今どき珍しいマニュアルの車だ。ぎこちなくノッキングしながら敷地から出た。

「武司君、うちの車で行くか。なんなら和昌に運転させてもええが」康彦が駆け寄って言った。

「いい、いい。これで大丈夫」武司が口元だけで微笑《ほほえ》み、答える。「みなさん、夜分お騒がせしました。ご心配していただいてありがとうございました」運転席の窓から住民に向かって丁寧に頭を下げた。

救急車がサイレンを鳴らして走り去る。そのあとを小さなシビックが、鴨の子供のようについて行く。その光景はいかにも心細げで、康彦の胸を締め付けた。ここにいる全員が、他人事ではない。

住民は、しばらく立ち話を続け、その場をなかなか立ち去ろうとしなかった。田んぼでは蛙がずっと鳴いている。

2

翌朝、康彦が真っ先にしたことは、馬場家の様子を見てくることだった。「おらも行く」

と母もついてきた。まだ午前七時前なのでチャイムは鳴らせないが、帰ってきているかどうかだけでも知っておきたい。

家まで行くと、果たして車はカーポートに停まっていた。これはどう判断していいのか、しばし考えるが、わかるわけもない。喜八は一命を取り留めたのか、それともだめだったのか。

「房江さんに聞いてみるべ」母がそう言い、玄関に歩いて行った。

「何言ってるべや。こんな早い時間に」康彦が袖をつまんで止める。

「年寄りは六時になれば起きてるべさ」

「おばさんも武司君も、ゆうべは遅くまで病院にいたべさ。もしかしたら朝方帰ってきたのかもしれんだろうが」

「んだな……」母が納得し、思いとどまった。

そのとき、窓のカーテンが揺れた。窓越しに房江の顔が見えた。庭に面した居間のサッシが開き、「富子さん、ゆうべは悪かった」と申し訳なさそうに言う。

「そんなことはどうでもいいべ。喜八さんはどうだった?」

「クモ膜下出血でね、まだ生きてるけど意識不明だべ。医者の診断では、ここ三日が山だって」

「あらー」母が悲痛な声を出す。そのまま上がり込もうとするので、また康彦が止めた。

「お母さん、こんな時間に迷惑だべ。おばさんはろくに寝てないべや」

「ええ、ええ。どうせ眠れね」

房江が招き入れる。康彦は家に上がらず、軒下《のきした》に立っていた。

房江の話によると、救急車の中ではまだ意識があったが、病院に着く頃には呼びかけても応答がなくなり、検査の結果、クモ膜下出血だと診断された。今は集中治療室に入っているが、危篤状態にあるとのことだ。

そこへ二階から武司がパジャマ姿で降りてきた。

「やっちゃん、ゆうべは悪かったべな」

「武司君、寝たか」

「さすがに眠れね」

「そりゃそうだ」

「今日にでも八王子からカミさんと子供たちを呼ぶ。圭子にもゆうべ電話した。仙台から駆けつけるって言ってた。そのまま葬式かもしれん」

圭子とは武司の妹で、もちろん子供の頃から知っている。

「そうか。残念だね」

「しょうがねえ。いつか来ることだ」

武司はもう諦めがついたのか、さばさばした様子だった。

「ぼくがいるときでよかったさ。お袋一人なら、風呂から出すことも出来なかった」

「うん」

「最後に親孝行が出来た。そう思うことにする」

「それがええ」

「歳も歳だし」

「八十二まで生きりゃあ充分だべ。ああ、そうだ。朝ご飯、うちでオニギリでも作って持ってこさせるべ。食欲ねえかもしんねえけど、少しは胃に入れねえといけねえべ」

「いい、いい。駅前のコンビニで何か買って食べるから」

武司が小さく微笑んでかぶりを振る。

「近所で遠慮するな」

そうこうしているうちに、また近所の人たちが集まりだした。朝の七時だというのに、みな気になってしょうがないのだ。

「喜八さん、どうだった?」

房江と武司がまた一から説明する。

康彦は家に戻ることにした。店の準備もしなければならない。

祭りの前日ということもあって、向田理髪店は散髪に訪れる客がいつもより多かった。会話はもちろん喜八の一件である。もう町中が知っていた。年寄り連中は店に居座り、母を相手にいつまでもおしゃべりをしている。

「喜八さんもいよいよか。だいぶボケてたもんなあ。芳名帳《ほうめいちょう》に自分の名前が書けねえことがあったし、前の日会ったばかりなのに、久し振りって言われたこともあったしなあ」

「外出を面倒臭がってたしな。カラオケもグラウンドゴルフも、今年になってからほとんど欠席だべ」

倒れたとなると、それぞれに心当たりがあるようで、口々に予兆を報告し合った。ただ悲壮感はあまりなく、仕方がないという諦めの空気が大勢《たいせい》を占めていた。毎年誰か知り合いが亡くなっている。高齢化の過疎地では避けられない日常なのである。

「礼服、用意しておかねえとな。歳で体が縮んだもんだから、丈を縮めねえとブカブカだべ」

「夏だから上着はいらんべや。おらはシャツとネクタイだけで勘弁してもらう」

もう葬儀の話までしていた。瀬川も駆けつけた。

「三日、もってくれるといいべな。祭りの最中に通夜だの告別式ってのはこっちもかなわん」

と、かなり不謹慎なことを口走るのだが、店にいた年寄り連中も「んだ、んだ」とうなずくので、康彦は苦笑するしかなかった。

午後になると、武司が菓子折りを持ってやって来た。

「今病院へ行ってきた。集中治療室に入ってるから、三十分しか面会が許されなくてね。で、ゆうべのお礼ってほどでもないけど、これみんなで食べて」

「そったらことしなくても。幼馴染でねえか」

「ほんと助かった。近所の親切が身に沁《し》みた」

「また水臭い……」

武司はさばさばした表情でソファに腰を下ろした。奥にいた母も出て来た。

「うちの親父、パーキンソン病も患ってたらしくて、検査したらいろいろ出て来た。やっぱり無理みてえだ。医者からは手術するかとか、人工呼吸はどうするとか、いろいろ聞かれたけど、延命措置ならしねえでくれって、ぼくから頼んでおいた。おふくろも納得したみたいだ」

「それがいいべ。寝たきりで生きててもしょうがねえべさ」と康彦。

「そうそう。寝たきりだと房江さんが大変だべ」母もうなずいた。

「お祭りの間、もってくれるといいけど」

「はは。さっき同じこと言ってた人がいたさ。瀬川君だけどね」

「みんなに迷惑かけたくないし」

「だからそったらこと言うなって。あ、そうだ。家族と圭子ちゃんが来るのなら、布団が足りないんでないかい。うちのでよかったら使って。なんなら仏間《ぶつま》が空いてるから、うちに泊まってもらってもいいし」

「んだな。圭子ちゃんでも、孫でも、うちに来たらええ」母も勧めた。

「夏だから雑魚寝《ざこね》で大丈夫だ」と武司。

「遠慮しないの。あとで和昌に持って行かせるべ」

「すいませんね」

東京暮らしが長いせいか、武司は少しばかり他人行儀だった。そしてあらためて見ると、髪には白いものが混ざり、頬の肉はたるみ、康彦同様、立派な中年になっていた。

夜、美奈が東京から帰って来た。アパレル企業に勤めていて、「忙しい、忙しい」が口癖の長女である。康彦が暮らしぶりを訊《たず》ねても、「ちゃんとやってるって」とうるさがるだけで、まともに答えてくれない。

そんな美奈も、昨夜のことを話すと、「馬場さん、小さい頃よく遊んでもらってたべ」と顔を青くした。

「和昌に布団さ届けさせるから、一緒に行ってお見舞いしてこい」

「うん、行ってくる」

素直に親の言うことを聞き、夕食後、姉弟で出かけて行った。

そして行ったきり帰って来ない。携帯に電話すると、武司の子供たちも到着していて、小さい頃盆や正月に一緒に遊んだことを思い出し、懐かしくて話し込んでいるとのことだった。

「馬場さんの奥さんも、話し相手がたくさんいてよかったね」

恭子が剝いた梨《なし》を持って来て言った。

「んだな。心配してどうなるもんでもなし、気が紛《まぎ》れてええかもしれんね」

康彦が一切れ食べながら答える。

「奥さん、ここ一年ぐらい、旦那さんの世話で大変そうだったから、内心ほっとしてるところもあるんじゃないの」

「そうだべか？」

「だって、婦人会の行事に参加しても、家で留守番してる旦那さんが心配で、何度も様子見に帰ってたし」

「そういえば、町内旅行にも参加しなかったなあ」

「そうよ。旦那さんがもう旅行に行く体力がないからって、奥さんは行きたかったけど我慢してたんだもの」

「そういやあ、うちのおふくろも、親父が死んでどこか肩の荷を下ろしたようなところはあったべな」

康彦が小声で言った。母は奥の自分の部屋で、テレビを見ていた。

「八十歳を超えちゃうと、もう充分添い遂げたっていう気持ちが強いのよ。きっと。葬式でも泣かないし」

「んだな」

「あなた、わたしが先に死んだらどうする？」

恭子が梨をさくっと食べ、テレビの方を向いたまま言った。

「そったらこと言うなよ」

「子供には頼らないように。和昌だってこの先、苦沢に残るとは限らないからね」

「わかってる」

「じゃあ、どうするのよ」

恭子が尚も問い続ける。康彦は少しむっとして、「おれは一人でも平気だ。飯だって炊《た》けるし、味噌汁も作れる」と言い返した。

「体の自由が利かなくなったらどうする？　車も乗れなくなって、日常生活にも困るようになったら」

「そのときは――」言葉に詰まる。

「そのときは？」

「絡むなよ」

「わたしさあ、決めておいた方がいいと思うのよね。みんな老後のことは考えたくないから、全部曖昧《あいまい》なまま先送りしてるじゃない」恭子がテレビから向き直って言った。「七十五歳になったとき、もしどちらかが死んでたら、残った方は老人ホームに入るとか」

「七十五は早いべさ。みんなピンピンしてるべ」

「ピンピンしてるうちに、身の回りの整理をして、お迎えに備えるの」

「どうしたべや。急にそったらこと話して」

「馬場さん家《ち》、奥さんが一人残されて、これからどうするのかなあって、そんなことを思ったら、自分たちの将来も不安になった」

「年寄りの単身世帯なんて、苫沢じゃあ掃いて捨てるほどある。民生委員やってんだから、お前がいちばん知ってるべや。おれたちだけ不安がってもしょうがないべさ」

「そうだけど、甘いこと考えないで、心の準備だけはしておきたいの。最悪の事態を想定しておいた方が、焦らなくて済むじゃない」

「まあ、そうだけど……」

言い負かされた形で康彦が黙る。恭子の言うことは確かに正論で、みんな不安な思いを抱えつつ、誤魔化しながら生きている。

美奈から電話があり、みんなでこれから前夜祭に行くと言ってきた。出かけるくらいだから、武司の子供たちもあまり悲しんではいないようだ。

若者はいいなと思った。老後など遠い未来でしかない。

静まり返った夜の町、遠くで祭囃子《ばやし》が鳴っていた。

3

祭りが始まっても、喜八の容態に変化はなかった。集中治療室に入ったままなので、家族は何もすることが出来ず、一日三十分の面会を済ませると、余った時間だけが待ち受けている。

　土日と店は臨時休業なので、康彦は武司を祭りに誘った。

「家にいてもしょうがねえべ。みんな事情は知ってるから、誰も何も言わね。中学の吹奏楽部が演奏会をやるそうだし、仮装大会なんかもあるみてえだから、気晴らしにはなるんでないかい」

「じゃあ、ちょっとだけのぞくかな」

　武司が微笑して腰を上げる。奥さんと子供たちは隣町に買い物に行っているとのことだ。房江は喜八の入院を知った親戚が複数来るそうで、家にいると辞退した。

　車で会場まで行くと、それなりに人で賑わっていた。天気にも恵まれ、青空の下、老若男女が集《つど》っている。青年団が企画した、ライダーたちに全国からツーリング・キャンプに来てもらうという計画は失敗に終わったらしい。来たのは数組で、和昌たちが悔しがっていた。ただ若者がたくさん帰省しているので、町がにわかに若がえった感じはあった。

　武司は三歩進むごとに町民につかまり、喜八の具合を訊ねられていた。

「おめえ、すぐに東京に帰らんといかんべさ。あとのことはわしらに任せ。みんな替わりばんこでお母さんを病院に連れて行ってやる」

　みなが手助けを申し出、武司はその都度恐縮していた。

瀬川も駆け寄って来た。

「武司君、大変だったべ。久し振りに麻雀やろうと思ってたけど、無理だべな」

「それはちょっと……。いつ事態が急変して病院から電話がかかってくるか、わからねえし」

「そりゃそうだ。こんなこと言っちゃあなんだが、長引いて苦しむよりは楽に逝《い》ってもらった方が、家族としてはありがてえべな」

「実を言うとここだけの話、ぼくもそれを願ってる。カミさんと上の子は仕事があるし、下の子も学生だがバイトを抜けてきたべや。明日まではいられるけど、その先になると一旦東京に戻らないと」武司が周囲を見回して小声で言う。「おふくろも、内心恐れてるのは長引くことだと思うよ」

「ああ、わかる。六十、七十ならまだしも、八十超えてりゃあ誰でもそうだ」

三人で屋台エリアのテーブルにつき、たこ焼きを食べながら会話を続けた。

「で、今日も病院へは行ったんだろ?」瀬川が聞いた。

「うん、行った。おふくろが呼びかけると、おー、おー、って声を出すんだが、ぼくは辛くて見てられねえな。子供たちも親父の姿にショックを受けて、五分とその場にいられなかったさ」

「何よ、意識あるわけ？」

「それがあるのさ。あの晩はもう意識不明で、これは一両日中に臨終だろうなあって、覚悟したんだけど、一夜明けたら目は開けるわ、手足は動かすわで、こっちも驚いたさ。医者も持ちこたえる可能性もあるって所見を変えた。寝たきりに変わりはねえけどね」

「そうかあ……。電気屋のシュウちゃんの親父さんが実は同じで、倒れてから点滴だけで一年もったから、家族はみんな大変だったべさ」

「一年も？」武司が目を剝いた。

「そう。人間ってのは結構丈夫に出来てるべ。胃ろうなんか付けた日には三年は生きるべさ」

瀬川が脅すようなことを言う。武司はショックを受けたのか言葉に詰まっていた。

「おまけに、植物状態だとしても、症状が安定すれば転院を求められるしな。シュウちゃんも病院探しに四苦八苦してたべな」

「うそ。病院って、いつまでも入院してていいんでないの？」

武司が驚いてたこ焼きを落としかけた。

「それがだめなんだな。総合病院は基本的に治療を必要とする患者のみ。死ぬまで診てくれる病院はまた別にあるから、そういうところに移さねえと」

「それほんと？」

武司が助けを求めるように康彦を見る。康彦は真顔でうなずくしかなかった。高齢者が多い町だから、同様の例はいくらでも見てきた。

「じゃあ、この状態が続いたらどうしよう。ぼくは東京で仕事があるし、妹だって仙台で契約だけど事務の仕事やってるし、おふくろ一人で出来ることじゃねえべ」

「民生委員がいろいろ助けてくれるっしょ。うちのカミさんもやってるけど、ほとんどなんでも屋だから」

康彦が言った。実際、恭子は独居老人の入院先を探したこともある。

「恭子さんに迷惑かけるのは心苦しいべ」と武司。

「近所は担当しないのが決まりだから、ほかの委員がやってくれる。それに迷惑なんて思わなくていい。ぼくらもいつか世話になる、だから順番。そう考えれ」

「地元に大きな病院がないっていうのは、年寄りにはゆるくないなあ」

武司が空を見上げ、ため息をついている。

「しょうがねえ。寂れるばっかの町だ。スーパーとコンビニがあるだけありがたいと思わねえと」

「ちなみに、町を離れた年寄りっている？」

「そりゃあいるべ。でもほとんど北海道内だね。子供を頼って東京へ、なんて話は聞いたことねえな」

「おふくろ、東京で暮らすなんて無理だろうなあ」

「何よ。武司君、引き取る気でいるの？」

「ううん」軽くかぶりを振った。「昔、家を買ったときに親父とおふくろを招待したけど、自分らはここには住めんって言ってたさ」

「みんなそうよ。おれだって都会は御免だ。札幌でも目が回る」

瀬川がおどけて首を回す。

「昔の人はどうしてたんだろうね」

「惣領《そうりよう》が家を継いで親の面倒を見た」

「そうか。そうだった」瀬川の返答に武司が苦笑した。

「武司君のおふくろさんは、どういう暮らしを希望してるべか」

「親父が死んで一人になっても、あと何年かは一人で頑張れるから心配しなくていいって
――。ゆうべ、妹とぼくに言ったべや」

「それじゃあ、そうするしかねえべ」

「でも病気したらどうする。認知症になる可能性もある。そうなったらどうすればいいか、

方法が思いつかねえ」

「そんときはそんとき。今悩んでもしょうがねえべ」

康彦は答えながら、ゆうべの妻との問答を思い出した。これでいいとは、自分だって思っていない。将来のことを先送りするのは、考えると憂鬱《ゆううつ》になるからに過ぎない。

「したって、おふくろのことより、まずは親父だな。長引いた場合、どうするか……」

「んだなあ……。何度も帰って来なきゃなんねえし、あれこれお金もかかるし……」

「東京は遠いよな……」

三人でため息をついた。親を見送るというのは難事業だ。


夜は盆踊りが開催されたが、康彦は少し顔を出しただけで、踊ることも催し物を見ることもなく、瀬川と谷口と連れだって、いつものスナック大黒に行った。町の主役が代替わりして、出る幕がなくなっていた。実行委員は大半が二十代、三十代だ。

武司の家には親戚が集まっているらしく、通りには車が何台も停まっていた。一緒に飲みたかったが、さすがに誘うのははばかられる。

「長患いはいやよねえ」

ママがたばこを吹かして言う。ここでも話題はもっぱら喜八のことだった。容態を案じるというより、家族に及ぼす影響についてだ。

「奥さん、病院へ通うだけでも大変じゃない。山縣中央病院なんて、タクシー使ったら往復八千円でしょう。バスもあるにはあるけど一日数本じゃねえ。わたしなら毎日は行かない」

「だども、奥さんは周りの目が気になるべ。通わねえといろんなこと言う人間がいる。小さな町だから」

瀬川が自嘲《じちょう》気味に言う。

「ママさん、老後はどうするべ」谷口が六十代の女主人に聞いた。

「いやなこと言わないでよ。こっちは独り身なんだから。考えるだけで暗くなっちゃうでしょう」

ママが手を振って顔をしかめる。

「月日の経つのは早いぞ。今から決めておいた方がいいんでないかい」

康彦が言った。いつの間にか妻の言い草がうつってしまった。

「じゃあ働けるだけ働いてホームに入る。それまで蓄えなきゃならないから、向田さんたち、毎晩飲みに来て」

「札幌の息子さん家《ち》には行かねえべか」

「いや。絶対いや。だいいち知り合いのいない場所に行ってどうするの」

「そりゃそうだ。ぼくだって今さらよそでは暮らせん」

「ねえ、町に働きかけて町営の老人ホーム作ってもらってよ。病院込みで」

「そったら金がどこにある。財政破綻した苫沢で」

「前の町長が悪いべさ。あの村井《むらい》のクソジジイ。二十年も居座ってハコモノばかり作りやがって」

「そうそう。使いもしねえ施設ばっかだ」

前町長の悪口で盛り上がっているところへ、青年団の面々がどやどやと店にやって来た。

「ああ、惨敗だ。ライダーは来ねえし、隣町の女子も来ねえ。屋台は赤字、機材のレンタル料も出ねえ」

瀬川の息子・陽一郎が顔をゆがめて言葉を発した。

「だから言ったべや。甘い計画を立てるなって。見積もりは常に渋め。それが鉄則だ」

瀬川がからかうように言う。

「いいじゃないの。何もしないよりは。若い人の好きにさせてあげなさい」

ママがかばった。「ほら、若い衆。サービス」と唐揚げを供している。

青年団の面々は、ヤケ酒なのか、テーブル席で乱暴にビールのラッパ飲みを始めた。

「ところで親父。馬場の爺ちゃん、どうなった？」和昌が聞いた。

「まだ生きてるさ。依然として予断は許さねえ状態らしいがな」

「ふうん。ところで、爺ちゃんが死んだら婆ちゃんはどうするの」

「そりゃあそこで一人暮らしだべ。お前ら、いろいろ助けてやれ」

「ねえ、あんたたち。親が歳とったらどうするつもり」

ママが聞くと、和昌は康彦の顔をちらりと見てから、「そんな先のことはわからねえべ」とぶっきら棒に答えた。それはそうだろう。康彦も二十三歳のときは、親が働けなくなる日など想像したこともなかった。

「でもさあ、いつか来るんだよ」

「知らね」

回答拒否のような形でそっぽを向いた。

親父三人が肩をすくめる。若者たちはすぐに酔っ払い、やがて狭いスナックでどんちゃん騒ぎを繰り広げた。

4

祭りが終わっても喜八の容態に進展はなかった。親戚はみな日常生活に戻り、武司だけが有給休暇を取り、実家に残った。

「医者が、『今夜かもしれんし、十日後かもしれん』って言うからさ。こっちも帰るに帰れねえ」

武司は、母親を連れての病院通い以外にすることがなかった。だから康彦の店か瀬川のガソリンスタンドか、そのどちらかに毎日顔を出し、時間潰しをしていた。

「東京に帰ってもいいんでないかい。もしも長引くようならきりがねえ。馬場さんの奥さん、しっかりしてるし、一人でも何とかなるべ」

康彦は帰京を勧めるのだが、武司は決心がつかない様子だった。

「でもさあ、なんか申し訳なくて。長男が母親を一人置いて帰るってのがさ。札幌なら何かあったときすぐに駆けつけられるけど、東京だと、夜に容態が急変したりした場合、朝の便まで何も出来んべ。それが怖くてなかなか帰れん」

「そんなことを言い出したら、親父さんを看取るまでこっちにいなきゃなんねえべ。会社もあるのに、そったらこと出来るわけがねえ」

「そうだけど、ぼくは十八で家を出て、ずっと自分の都合ばかりで生きて来たから、それに対する負い目もある。やっちゃんみたいに家業を継ぐとか、親の面倒を見るとか、そういう義務を何ひとつ果たしてねえから、どこか罪悪感があるって言うか……」

「何を言うか。昭和はとっくに終わった。たくさん兄弟がいるなら、長男が家を継ぐのがしきたりかもしれんが、ぼくらの頃からどこだって兄弟は二人だべ。それで家に縛《しば》られるなんて理不尽しょ。だいいち、苫沢みたいな過疎地で、町に残れなんて誰が言える」

「和昌君は床屋を継ぐそうでねえか」

「あんなもん、いつ気が変わるかわからん。あてにはしてねえ」

康彦が苦笑してかぶりを振る。和昌は相変わらず木工所でのバイトに精を出し、理容学校へ行く資金をためていた。青年団の活動にも熱心だ。過疎地でも生き生きと毎日を過ごしている点だけは感心していた。

「とにかく、会社には事情を話して、あと二、三日はいる。そのあとはやっちゃん、申し訳ないけど、うちのおふくろをときどき見てやって」

「もちろん見る。心配しなくていい。みんないるんだから」

そこへ、噂《うわさ》をすればなんとやらで、和昌がやって来た。

「祖母ちゃんに頼まれていた茶簞笥《ちゃだんす》の修理、済んだから届けに来た。古い家具はちゃんとしてる。社長も感心してた——。あ、こんにちは」

武司を見て、ぺこりと会釈する。

「おい。和昌、馬場さん家《ち》は大変だから、お前も少しは手助けしろよ」康彦が言った。

「わかってる。買い物ぐらいなら、おれが連れて行ってやるよ」

「すまないね、和昌君。おじさん、そろそろ東京に戻らないといけないから」

武司が頭を下げると、和昌は少し考え込む素振りを見せ、「おじさん、ほかに困ってることはある？」と聞いた。

「いや、ええと……」急な質問に武司が戸惑う。「そうねえ、車の乗り手がいなくなって、バッテリーが上がるんじゃないかって、それが心配だべさ」

「そんなことならお安い御用。ぼくが三日にいっぺんぐらいエンジンをかけに行きますよ」

和昌は笑顔でそう言うと、茶簞笥を担ぎ、奥の部屋へと消えて行った。

「立派な青年になったべ」と武司が言う。

「なりがでかいだけだ。頭の中はまだ子供だ」

康彦は謙遜《けんそん》したが、もちろん悪い気はしなかった。

三日後、武司が東京に帰った。喜八の容態が悪いまま安定してしまい、これ以上滞在することが難しくなったからである。

「一年くらいは覚悟した方がいいのかなあ」

武司はほとほと困った様子だった。当面は毎週末に帰省すると言う。交通費だけでも馬鹿にならないし、病院は完全看護なのだし、そんなことはしない方がいいと康彦たちは忠告したのだが、淋しく笑うだけで、聞き入れることはなかった。

きっと、そうしないと気が済まないのだろう。長男が故郷を出るというのは、康彦たちにはわからない罪の意識があるのかもしれない。

喜八の妻・房江は、平日、毎日昼食を済ませると、午後一時のバスで病院に行った。巾《きん》着袋《ちやくぶくろ》を提げて、ひょこひょこと店の前を歩いて行く姿を見ると、康彦は胸が締め付けられ、自分が車で送って行くと言い出しそうなのを堪《こら》えるのに苦労した。どうせ常連客しかいないのだから、閉まっていれば別の日に来る。けれど、やっぱり勝手に店は閉められない。

房江は、帰りはタクシーを利用していた。バスを待つと夕方まで便がないからだ。毎日のタクシー代は馬鹿にならないことだろう。

一度、大雨の日に傘を差して出かけるのを見たときは、思わず店の外に出て、「馬場さん、今日はやめた方がいいんでないかい」と声をかけていた。房江は「平気、平気」と健気《けなげ》に手を振り、夫の見舞いを欠かそうとはしなかった。これまで馬場夫妻の夫婦仲を考えたことはなかったが、こういう事態になってみると、絆《きずな》が強かったのだなあと、感心せずにはいられなかった。

ただ同年代の母は意外と淡白で、倒れたばかりの頃は深く同情していたが、一週間もすると房江に「グラウンドゴルフに行くべや」と誘ったりして、康彦がたしなめることもあった。

「お母さん、馬場さんの奥さんはそれどころじゃねえって」

しかし母は「したって毎日退屈だべ」と意に介さず、毎日のように房江さんの所に行き、「カラオケ行かねか」と誘うのだった。

そして武司は週末になると、本当に東京から一人で帰省した。帰って来ると、土日は自分が運転する車で、母を病院に連れて行き、ついでに山縣の大型スーパーで食料品を買いだめするのが定例となった。

ただ房江は、息子に毎週帰ることはないと言っているらしい。

「それがいいべ。月イチぐらいに減らせ」

康彦たちもそれを勧めるのだが、そろそろ喜八は転院を求められていて、新たに病院探しもしなければならず、帰省は避けられないとのことであった。

「車で一時間以内の病院じゃないと、おふくろも行けなくなるから、候補が少なくなるべや。でもって、あんまりいいところはねえな。本当は個室に入れてやりたいけど、そうすると月に十五万円くらい余計にかかるし、ぼくには払えねえ」

武司はやけに自分を責めた。その都度、康彦たちは、「個室なんてお金持ちが入るところだ。ぼくらだって無理だべさ。それに長引いたらどうする」と慰めるのだが、いつまでも気に病むので、見ていて気の毒になった。

どうやら要介護者を受け入れる病院というが、あまりいいところではなく、それで気が滅入っている様子だった。

それについては、民生委員をやっている恭子が解説してくれた。

「助成金目当ての介護ビジネスが多いからね、ひどい病院もあるのよ。汚物の臭《にお》いが漂っているとか、冷暖房費をケチって冬は寒々しいとか。ここは現代の姥捨《うばす》て山かって思ったこともあったなあ」

なるほど、自分の親をそんな病院に入れたら、東京で暮らしていても、そのことが頭から離れないだろう。武司の悩みはもっともである。

幼馴染としても、近所の住民としても、放っておけないので、康彦は瀬川と谷口に声をかけてサポートを申し出ることにした。月水金と三人が交代で房江を病院へ連れて行く。火曜と木曜は自分で行くか、もしくは休むか。毎日行く必要はないと、説得するつもりでもいる。

まずは東京にいる武司に電話で伝えると、そんな迷惑はかけられないと最初は断ったが、ならばガソリン代として一回千円払ってもらう、それでいいだろうと言うと、しばらく迷ったあと、じゃあまずは一月だけ頼むと受け入れてくれた。電話の向こうで武司はしきりに恐縮し、何度も礼を言っていた。

武司は、年老いた母が一人でバスやタクシーに乗るのを不憫《ふびん》がっていたので、それだけでも解消できる。

ところがこの提案を房江の家に行ってしたところ、「わたしは一人で行けるから、そったらことしなくてもええ」と怖い顔で固辞した。それは遠慮ではなく、迷惑そうにさえ見えた。

「本当に困ったときはこっちから頼むから。やっちゃん、そんときは車で送ってけれ。でも、それ以外はわたし一人で平気。その方が安気《あんき》だべ」

「でもおばさん、交通費が馬鹿になんないしょ」

「大丈夫。蓄えもあるし、夫婦の年金だけでも充分暮らしていける。交通費がかかるのも今のうちだけで、転院先が決まったら、毎日は行かね。どうせうちのお父さんは口も利けねえし、目も見えてるかどうかわからね。だから今しばらくだけ。ありがとうねえ、やっちゃん。気持ちだけいただいておくべ」

「今のうちだけなら、甘えてくれたらどうだべや。武司君とは当面一月だけっていう話でまとまってるから」

「いい、いい。それでもいい。一人が安気」

房江は何度もかぶりを振り、拒絶の構えを崩さなかった。

無理強いも出来ないので、ひとまず引き下がり、母にこのことを話すと、「自由にさせてやれ」と、意味ありげに苦笑いして言った。

「一人で行きたいって言うんだから、余計な心配はしなくてもいいべ」

そして、房江が病院から帰って来る頃を見計らって、家に行き、毎日何やら話し込んでいるのだった。

年寄りは年寄り同士の方が話が合うのだろうか。おせっかいなら慎むべきだと思い、康彦はしばらく傍観することにした。年寄りは淋しがっているなどと決めつけるのは、現役世代の傲慢《ごうまん》な思い込みなのかもしれない。だいいち八十歳の母だって、毎日することもないのに、のほほんと生きている。

喜八が倒れて一カ月が過ぎたとき、やっと転院先が見つかった。山縣市の外れにある、まだ新しいリハビリテーション病院である。四人部屋でもそれなりにゆったりとしていて、少し入院費は高いが、これなら家族も親戚も安心出来るということで武司が申し込み、許可された。父親の落ち着き先が決まり、武司は心から安堵している様子だった。

「おそらく今度の病院が、親父が息を引き取る場所だと思う。回復の見込みはないし、そうとなれば出来るだけ清潔な場所で召されて欲しいじゃないか」

スナック大黒で酒を飲みながら、リラックスした面持ちで言った。

「武司君はよくやってるべ。ほんと感心した。いったい東京と何往復したべか。会社の管理職を務めながら、まったくたいしたもんだ」

康彦が褒《ほ》めると、武司は小さく笑い、「周りが協力的なんでびっくりした」と肩をすくめた。

「ぼくのことを日頃毛嫌いしている役員まで、お父さんは大丈夫かって、気遣ってくれて、担当を急遽《きゅうきょ》変更してくれたりしてね。その役員が言うには、自分の父親が九州の実家で倒れたときも、大変な思いをしたから、会社としても出来るだけの配慮はするって――。

要するに、ぼくら以上の世代は、みんな親を見送ることについての経験者だから、他人事じゃないんだよね」

「そりゃそうだ。苦労がわかればやさしくなるべ」

瀬川がうんうんとうなずいて言う。

「ぼくらだって、じっとしていられなかったさ」

谷口もうなずく。みんな一段落したことにほっとしていた。この先のことはわからないが、とりあえずレールには乗ったのだ。

「おれは武司君のお母さんが気丈なのに驚いたな。うちのおふくろなんて、親父が癌《がん》で入院したときはおろおろしてたさ」

瀬川が言った。彼の父親は十年ほど前に癌を患い、一年間の入院後亡くなっていた。

「そりゃあ、瀬川君のところはまだ七十ちょいで、働いていたからだべ。うちはそうでもなかったな。いい加減もうろくして、孫の名前も忘れるくらいだったから、家族全員、もういいんじゃねえかって――」

谷口が言う。それに反応して、武司が口を開いた。

「いや、実はうちもそういうところ、あるかもしれねえ。倒れたときはびっくりして、ぼくもおふくろも動揺したけど、しばらくすると落ち着いて、八十超えてりゃあ大往生だろうって、なんか納得する部分も出て来て――。実のところ、ぼくが心配したのはおふくろのことだけで、親父に関しては、まあ、お迎えが来たかって、そんな感じかな」

「ところで、おふくろさんはどうだべさ。見たところ、案外元気そうだけどね」

康彦が聞いた。房江は相変わらず一人で病院通いをしていて、それを苦にしている様子もなかった。

「それがね」ここで武司が声を潜めた。「どうも淋しがってる感じはないんだべさ。この前なんか、五年ぶりに映画館に行ったなんて、うれしそうに話すしね」

「えっ。そうなの？」

「そうなのよ。山縣の町に出て一人で買い物したり、喫茶店でスパゲティ食べたり、なんか知らねえが楽しんでる節《ふし》があるわけ」

「そういやあ、ぼくらが車で連れてってやるって言っても、頑《かたく》なに断ってたさ。遠慮しなくてもいいって言うのに、一人が安気でええって――。それは自由に歩き回りたいってことだべか」

「どうもそうらしい。親父の転院先が決まったら、富子さんたちと一緒に一泊旅行に行ってもええかって、ぼくに聞くから、そりゃあ好きにしてくれって――」

「へえー、そうなんだ」

「そのときは、ぼくか妹のどっちか実家にいてくれって言うわけ。万が一その夜に親父が死んだら、いかにも世間体が悪いからって――」

「ははは」

三人とも思わず声を上げて笑った。

「房江さん、解放されたのよ」ママが口をはさんだ。「だって、ここ何年か馬場さんが弱ってきて、房江さん、いつもそばにいなきゃならなかったじゃない。旅行にも行けなかったし、老人会の集まりも欠席してたし。それに、馬場さんがいつまでも車の運転をやめないから、事故でも起こしたらどうしようって、ずっと心配してたし。そういうのが全部なくなって、肩の荷が下りた感じなんじゃないかなあ」

「そうね。うん。なるほど」

男四人が揃ってうなずいた。

「もう充分生きたし、思い出もたくさん作ったし、心残りがないから、解放感の方が大きいのよ」

「うん、うん」何度もうなずく。

「女の方が平均寿命が長いって、神様の配剤の中じゃかなりのヒットなんじゃないの。あなたたち、奥さんに先立たれたらどうしていいかわからないでしょう」

男四人、今度は返事に詰まった。

「歳をとると女の方が断然強くなるって、わたしいいことだと思うなあ。力関係が最後に逆転するの。そうなると女って何を考えると思う？　これまでの仕返しをするかしないか――。ま、実際にはしないけどね。可哀想だから。でも、旦那は自分を頼るしかないと思うと、精神的優位には立てるわけで、ときどき意地悪して楽しむなんてのもいいんじゃないのかなあ――。ああ、わたし離婚してちょっと損したかも」

ママは一人でしゃべった。男たちは黙ってグラスを傾ける。言い返したいが、なんの言葉も思い浮かばなかった。康彦は自分の老後を想い、胸が痛くなった。

喜八はまだ生きているというのに、まったくひどい話である。

苦沢の夜は相変わらず静かである。


翌日、足を悪くして店に来られない老人のために、康彦は出張散髪に出かけた。過疎の町だから、こういうサービスもするのである。

道具を鞄《かばん》に入れ、車で出かける。途中、スポーツセンターの横を通ると、町の婆さん連中がグラウンドゴルフをしているのを見かけた。うちの母もいるのだろうかと、スピードを緩めると、ひときわ大きな声を発し、輪の中心となって興じていた。なるほど女は強い。父も天国で苦笑いしていることだろう。

そして立ち去ろうとしたとき、一人の老婆に目が行った。スカーフを頭からかぶっているので、顔は確認出来ない。ただあの外見の感じは……。

そのとき、大きな声が飛んだ。

「次は房江さんの番だべ」

康彦は運転席で尻が滑りかけた。

おそらく喜八も文句はないだろう。房江が家に閉じこもることなど、誰も望んではいない。

ひばりが空で賑やかに啼《な》いていた。

中国からの花嫁

1

　苫沢町に中国人の花嫁がやって来た。飛鳥地区の農家に、黒龍江省という中国東北部の農村から、三十歳の娘が嫁いで来たのである。

　苫沢町は山間部で、元々耕作地が少ないことから、農業は盛んではなかったが、炭鉱町として発展していた頃、町の後押しもあって農業従事者の入植が始まり、一時はそれなりの規模を維持していた。しかし炭鉱が閉山してからは、人口の減少と共に農家の数も減るばかりだった。アスパラガスの生産に的を絞り、町の名産品として売り出し、それなりに成果を上げてはいる。それでも嫁不足と後継者難はいかんともし難《がた》く、町がお見合いイベントを開催して、なんとか嫁の来手を見つけようとしても、成果は芳《かんば》しくない。そんなところへ、農家の長男が中国へ見合いに出かけ、中国人の花嫁を連れて来た。

　新郎は、四十歳の野村大輔《のむらだいすけ》である。康彦が子供の頃から知っている向田理髪店の客で、今でも月に一度のペースで散髪に訪れ、世間話をしていく。ニュースを仕入れてきたのは母の富子だった。

「野村さんのところの大輔君、結婚したそうだ」

奥から店に出て来て、いきなり言うので、康彦はびっくりした。つい半月前、大輔は客として来ていたが、そんなことはひとことも言わなかったからだ。

たまたま幼馴染でガソリンスタンド経営の瀬川が店にいて、彼も目を丸くして驚いた。

「うちには昨日、給油に来たけど、そったらこと、何も言ってなかったべや」

「お母さん、大輔君の結婚っていつの話よ」康彦が聞く。

「つい最近らしいけど」

「相手は誰だ」

「それが中国の人らしいべさ。歳は三十だって」

母が声を潜《ひそ》めて言う。康彦は返答に詰まって、瀬川と顔を見合わせる。

「落ち着いたら挨拶に行かせるから、そんときはよろしくお願《ねげ》えしますって、野村さんは言ってたけどね……。それにしても中国人とは驚いたべさ」

「いや、よくある話っしょ。隣の山県にも中国人の嫁さん、何人かいるべ」瀬川がお茶をすすり、わざと明るい調子で言った。「ここらはどこも嫁不足だから、斡旋業者が中国から娘っ子連れて来て、農家の長男坊と見合いをさせて、それで気に入れば結婚してもらうって。まあ、そうでもしねえと家が途絶えるってことだべさ」

「大輔君は最初気乗りしなかったらしいんだけど、野村さんが、オメはもう四十で、これからますます嫁の来手がなくなるぞ、いい加減、親を安心させろって迫ったら、渋々見合いをして、それでバタバタと決めたらしい」

「ふうん」

康彦は複雑な思いを抱いた。身近な人間の結婚はめでたいはずなのだが、相手が中国人と聞くと、手放しではよろこべない。偏見ではなく、やはり過疎地の長男が結婚するのは大変なのかと自分の息子のことを考え、暗い気持ちになったのだ。

「その嫁さんは、日本語は話せるべか」康彦が聞いた。

「さあ、それは知らね。でも話せねえとどうにもならねえべ。大輔君は中国語なんて話せねえだろうし、近所だって会話に困るべ」

「そういう国際結婚は、ある程度の日常会話は習ってから来るって、聞いたことあるけどね」瀬川が言った。

「そうなんか？」

「向こうは日本人と結婚したくて、そういう業者に登録して、日本まで見合いに来るんだもん。向こうの方が熱心ってことっしょ。で、おばさん、その嫁さん、器量はどうだべさ」

「さあ、知らね。だいいちまだ見てねえもの」

「器量よしってわけにはいかんべな」

「瀬川君、そったらこと言わねえの。当人同士のことなんだから」

康彦がたしなめた。瀬川だって独身の長男がいて、他人事ではないはずだ。

「式は挙げねえべか」康彦が母に聞いた。

「さあどうだろう。そったら話は聞いてねえけど。ただ、新婚旅行はハワイに行くそうだけどね」

「あ、そう。それはいい」

康彦は少しだけ安堵した。式も挙げず、ハネムーンにも行かないとなると、いかにも実利だけの印象を受ける。

「式は挙げた方がいいんでないかい」と瀬川。

「そうだけど、個人の自由だから。派手なことが嫌いな人だっているだろうし」と康彦。

「いや。おれが言ってるのは、その方が手間が省けてええって話だ。町のみんなに一度にお披露目《ひろめ》すれば、個別の挨拶はいらなくなるし」

「そうか。そりゃそうだ」康彦はうなずいた。確かにその通りである。

「うるさい年寄り連中もいっから。お披露目もしねえでなんだって」

「わたしは何も言わね」母が心外そうに言った。

「おばさんは別。ほかの人たちのこと。ところで、やっちゃん。大輔君は、青年団にはまだ入ってたか」

瀬川が知っているくせに聞いた。

「とっくに引退したさ。いくら独身でも三十五過ぎて青年団もねえべって、そう言って辞めたでねえか」

「じゃあうちの倅や和昌君が言っても無駄だな」

「言うも何も、歳が離れ過ぎだべ。一回り以上ちがうだろうに。同い歳は工務店の福田《ふくだ》君とかだったと思うけど」

「ああ、福田君か。じゃあ福田君に話してみっか。お披露目とお祝いの会はやった方がええから、オメたち、発起人になれって」

「いやあ、余計なお世話でないかい。そもそも大輔君の意思を尊重すべきだと思うけど」

康彦が懸念して言った。近頃の大輔は人付き合いを好まないところがあった。本人がいやがるのであれば、お祝いも苦痛でしかないだろう。

「じゃあ、それも含めて福田君に聞いてもらうべか」瀬川がソファから立ち上がり、伸びをして言った。「しかし大輔君も、昔からの付き合いで、なして黙ってるのかねえ。言ってくれりゃあ、こっちだって祝儀ぐらい包むし、そうすりゃあ新婚旅行代ぐらいは出るだろうに」

「照れてるんだって。若いうちならともかく、もう四十だし」

「それに嫁さんが中国人だしか」

「瀬川君はすぐそったらことを言う。この先は同じ町民だべ。どこの人だってええでねえか」

「まあ、そうだが」

帽子をちょこんと頭に載せ、店を出て行く。軽トラックのエンジン音を響かせ、帰っていった。

「わたしも野村さんに聞いてみるさ。披露宴はどうするんだって」

母も気になる様子だった。

「余計なことはしねえ方がええんでねえの」

「しねえ方が目立つ」

「まあ、そうだけど……」

康彦がうなずく。確かに田舎はそうだ。しきたりに則《のっと》る方が楽で、逆らう方が面倒なのだ。

母が奥に引っ込み、店は康彦一人になった。妻の恭子は民生委員の仕事で出かけている。ラジオでは昔の歌謡曲が流されていた。

今日はあと一人、客が来るかどうかだろう。過疎地の理髪店は常連客しかいないから、見込みが立てやすい。

それにしても大輔も四十歳か。どうりで自分も老けるはずだと、康彦は鏡に映った自分を見てため息をついた。

大輔のことは、ときどき気になっていた。中学生の頃からずっと散髪してきたのである。歳が離れているので一緒に遊ぶようなことはなかったが、世間話はたくさんしてきたし、よく冗談も言い合った。そもそも大輔は明るい性格の人間だった。町の行事にも積極的に参加し、年寄り衆の面倒もよく見ていた。それが三十を二つ三つ超えたあたりから急に無口になり、付き合いを避けるようになった。理由はなんとなくわかっていた。いつまでも嫁が見つからず、肩身が狭くなったのだ。

決定的な出来事もあったらしい。康彦が聞いた話はこうだ——。大輔が農協で働く女子事務員を好きになった。結婚を申し込めと周囲が焚きつけ、その気になってプロポーズしたところ、少し考えさせてほしいと言われた。大輔は、その返事に脈があると思い込み、みなに触れ回った。ところが女子事務員はすぐに断るのは失礼かと思っただけで、時間を置いて、申し訳ないが農家には嫁ぎたくないと断られた。恰好がつかなくなった大輔は、しばらく行方をくらましたらしい。そして、それ以来すっかり口数が少なくなり、寄り合いにも顔を見せなくなった。

康彦の耳に入って来たくらいだから、大輔と同年代の連中はみんな知っていることなのだろう。小さな町ゆえ、噂からは逃れようがない。気のいい男だっただけに、康彦はすっかり同情し、以後結婚に関しては話題を避けるようになった。

大輔は毎日畑で働くばかりで、あまり外には出ない。農協職員に飲み相手がいるらしく、町内のスナックでたまに見かけるが、大声で騒いだり、誰かをからかったりすることもない。

康彦は、明るかった大輔が、結婚出来ないという負い目だけで、これほど人が変わるものなのかと、そのことを辛く思っていた。だから結婚の知らせはうれしいはずなのだが、相手が日本人ではないという点がどうしても引っかかった。

偏見はないつもりだ。しかし、「そうまでして」という思いもないではない。

窓の外に目をやると、秋の空はどこまでも高く、果てがないようだった。北海道ではここから一気に気温が下がり始め、冬を迎える。大輔の嫁は、この過疎地の冬に耐えられるのだろうか。康彦は、よそ様の家のことなのに、そんな心配をしている。

その夜、妻の恭子に大輔の結婚のことを話すと、初めは「よかった、よかった」と顔をほころばせたが、相手が中国人とわかると、「そうなの」と一転して表情を曇らせた。思った通りの反応だった。

「でも、建て増しした離れがやっと役に立ってよかったんじゃないの」

恭子が言い訳のように付け加える。

野村家は、もう十年も前に嫁を受け入れるために離れを増築し、新しいキッチンや風呂も設《しつら》えていた。実質上の二世帯住宅である。しかし嫁の来手がないまま年月は過ぎ、今は大輔だけが寝泊まりする場所になっていた。

「これで野村さんも一安心ね。嫁が来ない、嫁が来ないって、ずっと言ってたから」

「あれもどうかと思ったべ。周りに向かってそんなこと言うから、大輔君、ますますプレッシャーに感じてたべさ。農家の長男ってのは、嫁を迎えて、男の子を作って、家を継ぐのが義務だみたいなところがあるから」

「うちの和昌は、どうなるのかな」

「うちは農家じゃねえべ。店はいつ閉めてもいいと思ってるから、嫁の来手がなかったら、札幌でも東京でも、どこでも行けばいいさ」

「まあ、そうだけど」

そこへ和昌が仕事から帰って来た。「腹減った、腹減った」とうわごとのようにつぶやき、居間を素通りして台所に向かう。

「ねえ、和昌。野村さん家《ち》の大輔君。とうとう結婚するって」恭子が教えると、和昌は「知ってるさ」と自分で御飯をよそって言った。

「この前、嫁さんも見た。ホームセンターで大輔さんと買い物してたさ」

「そうなのか。で、どうだった？」康彦が聞く。

「どうだったって……」

「話はしたのか」

「いいや。こっちがお辞儀して、向こうもお辞儀して、それでおしまい。で、会社に帰って社長に、大輔さんが女の人といたって言ったら、ああそれは中国から来た嫁さんだって教えられて……」

「どんな人だった？」

恭子が腰を上げ、台所へ行った。息子のために味噌汁を温め、煮物をレンジでチンする。

「普通の女の人だべや」

「きれいだとか、痩《や》せてるとか、いろいろあるでしょ」

「そんなにジロジロ見てねえもの。一瞬だけ」

「大輔君はどんな感じだった？」

「知らねって。ほんと、挨拶しただけだから」

和昌がうるさそうに言い、ご飯を食べ始めた。二十四歳の和昌には関心のないことなのだろう。先に知っていて、親には教えもしないのだから。

「青年団はなんて言ってる？」康彦が聞いた。

「もう引退した人だけど、お祝いはどうしようかって、そういう話は出てるけど」

「そうか。お祝いはしねえといかんべや」

「団員なら各自一万円包むのがしきたりだけど」

「うん、それくらいは包まねえとな」

「おれはいやだべさ。世話になったこともねえ人に一万円は払えん」

「なあ、和昌。青年団でお祝いの会でも開いたらどうだべ」

「えーっ。おれらが？」

康彦が提案すると、和昌は即座に顔をゆがめた。

「関係ねえっしょ。余計なお世話だって迷惑がられるって」

「そうかな」

「だって、歳も歳だし、花嫁は中国人だし……」

和昌があっという間に一膳をかき込み、おかわりの茶碗を差し出す。

「ねえ和昌、あなた、もし結婚相手が見つからなかったら、中国人花嫁でもいいの？」

恭子がご飯をよそいながら言った。

「知らんべや。そんな先の話」和昌は気分を害した様子である。

「あっという間よ。二十代なんて」

「知らねって」

和昌はぞんざいに答え、ご飯を頬張った。

苫沢の夜は相変わらず静かで、車の走る音すら聞こえてこない。鈴虫たちがあちこちの茂みで鳴いているだけだ。

2

小さな町なので、大輔の結婚はたちまち町民の間に知れ渡った。年寄りなどは挨拶代わりに「大輔君、結婚したべな」と言葉を交わしている。そして目撃談も、あちこちから聞こえてきた。

「うちの息子が山縣の自動車学校で見た中国人がそうらしい」とか、「郵便局に現れて中国にトイレットペーパーを大量に送った中国人の女がいた」とか。

けれど、それでいて口を利いた人間は現れなかった。同じ飛鳥地区の住人ですら、まだちゃんと紹介を受けていないようだ。

「どういうことだべさ」

瀬川がいつものように店に油を売りに来て、怪訝《けげん》そうに言った。

「このまま紹介もしねえで行くつもりか。そったらことしたら嫁さんが可哀想だべ。友だちも出来ねえぞ」

確かにその通りである。

「照れ臭いのとちがうべか。大輔君、結婚に関してはずいぶんナーバスになってたみてえだから」

「それにしたって、ときが経てば経つほどお披露目しにくくなるべ。飛鳥に引きこもるつもりか。そうはいかんでしょ」

そこへ母がお茶と茶菓子を持って現れた。奥で話を聞いていたらしい。

「大輔君、新婚旅行が終わったら、みんなに紹介するそうだべ。野村さんが言ってた」

「じゃあ、それでいいんでないかい」と康彦。

「いつ行くのさ。新婚旅行は」瀬川はそれでも不服そうである。

「瀬川君、工務店の福田君には言ったの？　お祝いの会、みんなで開いてあげたらどうかって」

「言った、言った。けど、福田君たちも最近では付き合いがないそうで、どうしていいかわからねえって」

「元同級生でそれは水臭いなあ」

「水臭いのは大輔君っしょ。ここ七、八年は同窓会にも顔を出さねえそうだし、町のゴルフ大会にも参加しねえし、祭りだって御祓《おはら》いが済んだらすぐ帰ってく」

「だからさ、それは、どこへ行っても嫁さん見つかったか、嫁さん見つかったかって、そんなことばかり聞かれるから、大輔君もいやになってんだって。だいたい瀬川君もよく聞いてたべや」

康彦が非難口調で言った。瀬川はおせっかいなところが昔からある。

「おれは心配して聞いてただけだべや。実際、山縣の知り合いから縁談持ってきたこともあったし……。話はまとまらなかったが、親父さんには感謝されたべ」

「でも断られたべ。歳が離れてていやだって。そういうので、ひとつずつ傷ついていくんだって」

「じゃあ、どうすりゃあいいべや」

瀬川が口をとがらせたところに客がやって来た。町役場の助役で、総務省から出向してきた役人の佐々木だ。

「こんちは。仕事が空いたから、平日の方が待たなくて済むと思って」

「土日だって空いてるべ」と瀬川。

「瀬川君はいつまでたっても口が悪いべや」

母が言い返し、奥の部屋に戻っていった。

佐々木を椅子に案内し、早速散髪に取りかかる。

「そうだ。佐々木さん、飛鳥の野村大輔君っていう人が結婚したけど、町から祝い金は出たべか」

瀬川が聞いた。

「ああ、結婚なさった人がいるそうですね。祝い金の話は聞いてないけど、婚姻届を出したときに申請したのなら、出てるはずです」

佐々木が答えた。苫沢では結婚すると祝い金として三万円が町から出るのだ。

「お相手は中国からの方ですってね。苫沢では初めてのことらしいから、町としても歓迎したいところです」

「そうっしょ。おれもそう思ってさ。歓迎セレモニーでもやりたいところだべ」

瀬川が我が意を得たりとばかりに口をはさんだ。

「中国とか、フィリピンとか、国際結婚はこれからも増えそうだし、何かサポートが出来たらとは思ってるんですが」

「そう、そう。だからさ、嫁さんに何か不便してることはねえかって、町から伺いを立ててみるのはどうだべ」

「そうですね。住民課と相談してみます」

「ほら、やっちゃん。助役さんも気にかけてるべ。放っておいてはいけねえの」

「瀬川君はおせっかいなだけ」

康彦がたしなめる。

「ところで佐々木さん、過疎地での国際結婚って多いわけ？」瀬川が聞いた。

「多いです。農業、漁業はどこも跡取り問題で悩んでますからね。嫁不足の解消を海外に求めるのは自然の成り行きでしょう」

「どういうシステムなのかね」

康彦も聞いた。普通の見合いでないことは容易に想像がつき、気になっていたのだ。

「中国と日本に斡旋業者がいて、そこに登録すると、まず花嫁候補の写真が送られてきて、その中から何人か選んで、実際に現地に行って見合いをして、それで気に入ったら互いに条件を突き合わせて、それでよければ結婚というパターンだと思います」

「お金はどれくらいかかるんだべか」

「わたしが聞いた話では、総額二百万円程度ということですが」

「二百万かあ」

瀬川が大きなため息をつき、二人で顔を見合わせた。それは恐らく花嫁の実家の取り分も含まれているのだろう。となれば、どうしても人身売買という言葉が浮かんでしまう。

「しかし、中国人だって、異国のこんな過疎地に嫁ぐのは抵抗があるのとちがうべか」

「いや、中国は広いです。内陸部に行けば電気水道が通っていないところがまだまだ多いし、病院とか学校といったインフラに至っても皆無な所もあるわけで、それに比べたら苫沢は天国でしょう。だから、わざわざ日本語学校に通ってまでして、日本人との結婚を望むんですよ」

「なるほどね。大輔君の嫁さんも、北の方の寒村の出だって話だから、きっと水洗トイレもねえところだべ」

瀬川が納得したようにうなずいている。

「苦沢には昔、縁談促進実行委員会というものがあったそうですね」

佐々木が話題を変えた。

「あった、あった」と瀬川が手を叩く。康彦も思い出した。確か五年ほど前まで存在していた。自治会長が発起人となって、町の独身者の結婚相手を探そうと、あれこれ骨を折ったのだ。それがいつの間にかなくなっていた。

「復活させてみるっていうのはどうですかね。町でも協力を惜しみませんが」

「いいねえ。うちの倅もなんとかしてほしいべ。なあ、やっちゃん」

「うん、まあそうだけど……」

そういえば大輔も、実行委員からあれこれ縁談を持ちかけられていた。康彦も理容師組合のつながりで誰かいないかと頼まれ、実行委員を通じて一人見合い相手を紹介したことがある。その後の経緯は知らないが、まとまったという話はなかった。大輔が無口になったのは、ちょうどその頃からだ。

「今の若い人は、そういうおせっかいを嫌うんでねえかな」

「やっちゃんは反対か」

「反対ってほどでもないけど、町の長男たちに余計なプレッシャーを与えるんでねえかと……」

「しかし放ってもおけねえべ。嫁さんの数が圧倒的に足りねえんだぞ。みんな高校出ると札幌とか東京へ出て行ってしまって、残るは長男坊ばっかだ。そりゃあ理想は、各自がどっかで嫁さん見つけてくることだけど、出会いなんか町にいる限りねえべさ」

「そうだけど、当人たちの意思を一番に尊重しねえとね」

「こういうのは周りが多少強引にでもやらねえと、おれはダメだと思うけどねえ」

議論になったところへ、佐々木が割って入った。

「わかりました。ぼくが青年団の人たちに聞いてみましょう。みんなの前では本音は言えないかもしれないから個別に。迷惑なのか、実はありがたいのか」

「そうね。佐々木さんにならら言いやすいだろうし」

「うん。おれらだと若い衆もうるさがるばかりだからね」

瀬川が立ち上がり、帰ろうとする。窓側に向いたところに車が通りかかり、「あ、あ、あ」と声を上げた。

「今の車、大輔君。助手席に女の人が乗ってたけど、あれが嫁さんだべ」

康彦も慌てて振り返ったが、もう通過した後だった。

「なんだべ。素通りかい。ちょっと立ち寄って、嫁さんを紹介すれば、それで済むことなのに」瀬川がぶつぶつ言っている。

「どうかしたんですか」佐々木が聞いた。

「いやあ、だから中国人の嫁さんをもらった大輔君が、まるでおれらを避けてるようなところがあるから」

「瀬川君。それが余計なことだっての。それより、嫁さんはどんな人だった？」

「横顔しか見てねえけど、普通でねえの。とんでもねえ鬼瓦《おにがわら》とか、おかめとか、そういうのではなかったけど」

「人の嫁さんをつかまえて……」

康彦は顔をしかめて非難しながら、大輔のこともそろそろ心配になった。素通りするということは、確かに避けているのだ。この小さな町で、挨拶しないままやっていくつもりなのか。

「車で追いかけて見て来るかな」と瀬川。

「馬鹿。やめれ」

「馬鹿とはなんだべ」

瀬川が唇を剥いて帰っていった。


夜、和昌が大輔の結婚のことで話しかけてきた。

「青年団で話が出たんだけど、団の上の方の人は大輔さんに可愛がってもらったことがあるし、中国人の奥さんとも仲良くなりたいし、お祝いの会を開く方向で大輔さんに話をするみたいさ」

「それはよかった。若い人が音頭を取れば、大輔君も断らねえべ」

「でもさ、上の人によると、大輔さん、ずいぶん気難しい人で、果たして受けてくれるかどうかわかんねえとさ」

「いや、おまえが知らねえだけで、大輔君、昔は明るくてよくしゃべる若者だったべさ。うちに散髪来たときも、今日はあんなことがあった、こんなことがあったって、毎回うるさいくらいしゃべってた」

「へえー。イメージちがうべ」

和昌が意外そうな顔をする。二十四歳の和昌からすると、四十歳の大輔は遥《はる》か歳上の人間で、ちゃんと接したことがないのだろう。そもそも関心すらない。

「そうそう。大輔さんの奥さん、スーパーで石鹸やらシャンプーやらを大量買いしては、国際小包の船便で中国に送ってるんだってさ。郵便局の松《まつ》ちゃんが言ってた。あの奥さん、偽装結婚で、実は日本に買い出しに来たんじゃねえかって」

「おい、滅多なことを言うな。買い物なら普通の旅行で出来るだろう」

康彦は和昌をたしなめた。ただ、ちゃんとお披露目しないから、こういう無責任な噂が立つのだろうとも思った。

「おまえら、青年団でちゃんと祝ってやれよ」

「だからそのつもりだって」

「ところで、和昌はいくつぐらいで結婚するつもりだ」この際だから聞いてみた。

「なんだべ、いきなり。まだ考えてねえよ」

「二十代なんてあっという間に過ぎるぞ」

「おふくろと同じ話はやめれ。おれはまだこれから理容学校に通って、それから理容師になろうって人間だ。結婚なんてずっと先だろうが」

「札幌の理容学校に行ってる間に見つけろ。こっちに帰って来てからだと手遅れになる」

「知らねえ、そったらこと」

和昌はたちまち不機嫌になり、自分の部屋に引っ込んだ。

先の話とはいえ、康彦は息子の結婚が常に気になっていた。理髪店の後継を望まなかったのも、若者がこんな田舎に暮らし、嫁も見つからないとなれば、不憫《ふびん》で仕方がないからである。

そこへ恭子が民生委員の会合から帰って来た。会合と言っても食事をしておしゃべりをするだけの集まりらしいのだが。

上着を脱ぎ、ソファに腰を下ろし、ため息と一緒に言葉を吐いた。

「ねえ、お父さん。白川《しらかわ》地区の八木《やぎ》さんって知ってるでしょ。手広く酪農やってる人」

「ああ、知ってるけど」

「その八木さんが、向田さんの娘さんをうちの長男にもらえないかって」

「はあ？　だめだ。何言ってんだ」

康彦は反射的に答えた。猛然と腹も立った。娘の美奈は高校を卒業し、東京の服飾専門学校に進学し、今はアパレル関係の会社で働いている。本人はこのまま東京で暮らすつもりでいて、親も異存はない。

「またそんな頭ごなしに。美奈の結婚は美奈が決めることでしょう」

恭子が目を剝き、言い返した。

「おめえはいいべか。自分の娘が苫沢町の酪農家なんかに嫁いで」

「酪農家なんかって、そういう言い方は失礼でしょ」

「まさか、期待させるようなこと言ったんじゃなかろうな」

「言ってません。一応娘に聞いてみるとは答えたけど」

「それが期待させるってことだべ。そういうのは、いいえうちの娘は東京でこの先暮らすみたいだからって、その場で断るもんだべや」

「美奈だって帰って来る気はないだろうけど」

「じゃあ断れ」

「明日美奈にメールしておく。こんな話がありましたって」

「いやがるだけだべ」

たぶん、恭子は娘とメール交換する口実が欲しいのだろう。ときには二カ月も音沙汰なしのことがある。

「でも、美奈も二十六だし、少しは考えが変わったかもしれないわ」

「おめえは帰って来て欲しいか」

「ううん。そんなことはないけど」

「うそをつけ。和昌が帰って来たときもうれしそうだったべや」

「二年前、わたしら東京へ行ったでしょう。理容組合の慰安旅行で。それでついでに美奈のマンションを訪ねて、ワンルームの部屋を見たとき、何か切なくなってねえ。こっちならもっと広い家に住めるって」

確かにあのときは気持ちが沈んだ。美奈が来なくていいと言うところ、無理に押し掛けたら、日当たりのない狭い部屋だった。

「だからって八木はねえべ。酪農家の嫁なんて美奈に務まるか。苦労するだけだ」

「あそこ、先々観光牧場を始めるんだって。乳製品の販売とか、乗馬スクールとか、多角経営を考えてるみたい」

「余計にだめだ。うまく行くか。失敗例がいくらでもあるだろうに」

「相変わらずお父さんはネガティヴなことで」

恭子は腰を上げると、風呂に入ると言って居間を出て行った。

思わず感情的になり、康彦は一人で気まずくなった。娘の幸せな結婚を願っているが、過疎地へ嫁ぐとなればどうしても反対してしまう。しかし、息子の結婚を思うと、それはそのまま自分に跳《は》ね返ってくるのだ。

まったく、どうしてこんな町に生まれたのか――。若い頃から何度もつぶやいた言葉である。

康彦はソファに寝転がった。外では今夜も鈴虫が賑やかに鳴いている。

3

大輔は依然として中国人妻を披露しようとはしなかった。出没するのはホームセンターを兼ねたスーパーマーケットと郵便局だけらしい。先日は恭子もスーパーで夫婦を見かけた。紙おむつを山ほどカートに載せていて、もしや子連れかと早合点しかけたが、これも中国へ送るのだろうと思い直したと言っていた。粗悪品だらけの中国では、あらゆる日本の日用品が引っ張りだこだ。

大輔は恭子を見ると、軽く会釈《えしゃく》だけして、そそくさとその場を立ち去ったとのこと。「なんか避けられてる感じがして、声をかける気になれなかった」というのが恭子の弁である。

母が聞いた話では、大輔の両親も困っているらしい。

「親戚を集めて祝言《しゅうげん》を上げようとしたけど、本人がいやがるんだって。結局嫁さんを連れて、近しい親戚だけ一軒一軒回って紹介したそうだべ。また手間がかかることをわざわざ……。わたしらにしても、シニアサークルの寄り合いにちょっと顔出して、ぼくの奥さんですって紹介してもらえれば、それで全部済むっていうのに、それもしねえ」

なんとなく気持ちを察した。大輔はそっとしておいて欲しいのだろう。

「近所には奥さんがお嫁さんを連れて行って紹介したそうだけど、大輔君は一緒に行かなかったべや。いい大人が挨拶も出来ねえってどういうことだって、野村さんもぼやいてたべさ」

「ハワイへの新婚旅行はどうなったの？」

「収穫が済んでから行かせるって。だからもう少し先なんでないかい」

「ちなみに奥さんはどうだべさ。ホームシックにかかってるとか、話し相手いなくて淋しがってるとか、そういうのはないのかね」

「それが全然」母が顔の前で、手をワイパーのように振った。「片言の日本語で買い物はするし、自動車教習所でもわからないことがあると教官をつかまえてなんでも質問するし、おまけに家では毎晩ビールを飲んでＡＫＢの歌を唄ってるそうだべ」

「そりゃよかった」

康彦は苦笑し、安心もした。奥さんは明るい人のようだ。となれば大輔が心を開けば、すべて丸く収まるのである。


そんなとき、スナック大黒で農協の職員と居合わせた。大輔とは同年代でときどき一緒に飲んでいる井本《いもと》という男だ。瀬川も店にいて、ここぞとばかりに意見した。

「よお、井本君よ。大輔君の結婚に際して、農協が何もしねえとはどういうことだ。本来なら一番に音頭を取るべきだべさ」

瀬川の非難に、井本は申し訳なさそうに頭を掻《か》いた。

「農協としてもお祝いはしたいんですよ。中国から来たお嫁さんのサポートもちゃんとしたいし。でも大輔君がいやがって……。最初は照れてるだけだろうと思ってたけど、日程や場所の候補を出して伺いを立てたら、怖い顔して、そったら勝手な真似するなって怒り出すから、これは本当にいやがってるんだなって。それで、ぼくらもしばらくはそっとしておいた方がええんでねえかと……」

「なして怒るよ。わけがわからんぞ。めでたい話じゃねえのか」瀬川が憤慨して言った。

「いや、ぼくらは付き合いが長いから、なんとなく気持ちがわかるって言うか……。大輔君、結婚に関してはずいぶん傷ついてたところがあるし……」

「農協の女子職員に失恋したって話か」

「知ってるんですか？」

「こんな小さな町、誰だって知ってるっしょ。大輔君が小学五年生でおねしょした話だってみんな知ってるべ」

「だからそういうこともあって、自分で結婚相手を見つけたのならともかく、中国へ見合いツアーに行って、そこで、言葉は悪いけど、金払って捜してきたって言うか、そういうのがプライドにかかわってるみたいで……。大輔君、昔からお体裁屋のところあったし」

「知らねえべ、おれらは。歳が一回り以上離れてるし」

「本当は目立ちたがり屋なんですよ。生徒会長もやったし、農家の中ではリーダー格だったし。青年団のときも率先して行事を取り仕切ってたでしょう」

井本がため息混じりに言う。確かにそうだった。康彦が抱いている大輔の印象と言えば、明るくて活発で、お洒落で、いつも人を笑わせるリーダー的存在だった。それがいつからか陰のある人間になってしまった。

「プライドが高い分、挫折《ざせつ》すると傷が深いって言うか……」

「そんな、オメ、いっぺん娘っ子にふられたぐれえで。おれなんか何回ふられたか知れねえぞ」

「瀬川さん。そういう無神経なこと言わないの」ママがカウンターから叱った。「大輔君はあなたとちがって繊細なのよ」

「そう。瀬川君のところも独身の陽一郎君がいるんだから、他人事じゃねえべ」康彦も言った。

「まあ、そうだけど……」瀬川が肩をすくめる。

ここへ来て、康彦は大輔の気持ちがなんとなく理解出来た。要するに、ここ数年の大輔は自尊心が保てなかったのである。若手のリーダー格だったのが、結婚相手が見つからず、どんどん肩身が狭くなり、周囲からの圧力により、仕方なく中国でお金を払って花嫁の斡旋を受けてきた。彼にとってはめでたくない話で、それを祝われたのでは、ますます立つ瀬がない。

しかし、だからといって、このままでいいわけはないのだ。どこかで心を開かないと、大輔自身がますます孤独になってしまう。

「ちなみに、大輔君をふった女の人ってどうしてるのさ」ママが聞いた。

「化学肥料メーカーの営業マンと結婚して札幌で暮らしてます。祭りなんかがあると子連れで帰って来るけど、大輔君、顔を合わせるのがいやなのか、絶対に出て来ないですね」

井本が答える。

「そうか、そういうことか。そりゃ辛いべ」

康彦は同情した。小さな町では、いろんなことから逃れられない。

「いっそみんなで押し掛けるか。結婚したそうだけど紹介してくれって。一回でいいべや。それで済んだことになる」

瀬川がスルメをかじりながら言う。

冗談のつもりだろうが、本当にそれがいいような気がしてきた。

翌日、飛鳥地区へ出かけた。客の老人を家まで送って行くためである。町にはもう車の運転をやめた年寄りが何人かいて、訪れるときは巡回バスを使って来るが、帰りは時間が合わないことが多く、そういう場合は康彦が自分の車で送っていた。腰の曲がった老人がバス停でバスを待つ姿を見るのはいかにも心苦しく、せめてものサービスである。

客を乗せ、農道を走っていると、ビニールハウスが並ぶアスパラの畑で大輔が一人で農作業をしていた。ここのところ仲間と一緒のところを見たことがない。話し相手はいるのだろうかとつい心配をしてしまう。心なしかうしろ姿が淋しそうに見えた。

「大輔君、近頃はどうだべ」

客の老人に聞くと、「ああ、日が短くなったべや」と返事をされた。耳が遠かったことを思い出し、会話を諦めた。

老人を送り届けた復路で、今度は大輔と接近した。軽トラックに農機具を積んでいるすぐ横を通過したのだ。

走行しながら大輔と目が合った。康彦が微笑みかけると、大輔も白い歯を見せ、ぺこりと頭を下げた。元来が純朴な男なのだ。決して気難しい人間ではない。心根もやさしい。大輔が中学生の頃、年寄りの荷物を持って一緒に神社の階段を上って行った光景は今でも憶えている。

アクセルから足を離し、ブレーキペダルに載せかかった。車を停めて話をしてみようか。

結婚したんだってね、おめでとう。町のみんながお祝いの会を開きたがってるべ――。

しかし勇気が出なかった。いやそうな顔をされたら、今度客として来たときに気まずくなる。それより何より、今はそっとしておいてあげたい、という気持ちの方が強かった。田舎の悪いところは個人主義が通用しない点だ。無邪気な善意が人の負担になる。

西日が苫沢の田園を照らしていた。北海道の紅葉は早い。あと半月もすれば山々は赤く染まり、冬の気配が漂ってくる。

そうか。今年の冬、大輔は新しい家族と過ごすことになるのか。どんな経緯があったのかは知らないが、それは文句なくいいことだ。

康彦は路肩に車を一旦停止した。バックミラーで小さくなった大輔の姿を確認する。ゆっくりとUターンし、ビニールハウスまで戻った。

何かあったのかと大輔が振り返る。康彦は車から降りた。周囲には誰もいない。空ではひばりが啼いている。「大輔君、今年のアスパラ、収穫はどうだべさ」笑顔を作って声をかけ、近づいた。

「まあまあかな。天気よかったから」

大輔が鍬《くわ》を荷台に載せながら答える。

「今度直売してよ。卸せない形の悪いのでいいから」

「そんな。遠慮しねえで。いいの見繕《みつくろ》って持ってくべ」

話してみればいつもの大輔だった。ただ作業の手を休めず、康彦と向き合うことはなかった。

「あ、あの……」思い切って言うことにした。

「大輔君、結婚したそうだけど、おめでとう」

大輔が一瞬赤面した。「あ、どうも」目を見ないで答える。

「何かお祝いしたいんだけど、欲しいものあるべか？　冷蔵庫とか、洗濯機とか、そういうの言われると困るけど、食器とかなら。あるいはネクタイなんてどうだべ」

「そんな……、して行くとこねえべ」

「じゃあ、こっちで何か考えとく」

「いいですよ、そういうもんは」

「遠慮しねえで。うちの大事なお客さんだから。ああそうだ。じゃあ次回無料にするべ」

「そんな、申し訳ない……」

大輔が軽トラックに乗り込もうとする。

「あ、ちょっと……」この際だから言ってみることにした。自分が言わなくても、誰かが言う。「青年団とか、農協とか、みんなが大輔君の結婚のお祝いをしたがってるんだけど。

大輔君、受けてもらえねえべか」

「ぼくは……遠慮します」少し考えて、ぼそりと答えた。

「でも、奥さんがどんな人か知りたいし、会を開いて、そこでみんなに紹介すれば、この先町に溶け込みやすいんでないかい」

「それはそのうち……」

「時間を置くと、ますます気が重くなるべ。照れ臭いかもしれねえが、ちょっと我慢して、嫁さん、紹介すればええべや」

康彦の提案に大輔が黙る。数秒考え込み、初めて向き直った。

「みんな、なんて言ってますか。偏屈だとか、意固地《いこじ》になってるとか、そったら感じですか」

「ううん。そったらこと誰も言ってねえ。ただ、大輔君、近頃みんなと付き合わねえから、どうしたんだろうなあって……」

「別になんもしてないけどね」表情が曇った。

「そう……。いや、悪かった。余計なこと言ったべ」

康彦は詫《わ》びた。やはり余計なお世話だったのかもしれない。いくら小さな町でも、付き合いを強要するのは身勝手というものだ。

踵を返そうとしたら、「あの」と大輔が声を発した。

「おれ、自分でもおかしいと思ってるのさ。なんか、人前に出ると息苦しくなることがあって……」

「そうなの？」

「そう。急に顔が熱くなって、汗が噴き出てきてね」

「ごめん。知らなかった」

大輔の突然の打ち明け話に、康彦は面食らった。

「誰にも言ってねえから」

「わかった。ぼくも誰にも言わねえ」

「いや、ええですよ。事情を知って、放っておいてもらえると楽だから」

大輔が口の端を持ち上げ、無理に微笑もうとする。

「いや、放っておくって、それもどうかと思うけど……」康彦はかぶりを振った。「苫沢のみんなは、大輔君の家族のつもりだから」

しばらく沈黙が流れた。午後五時を知らせるサイレンが風に乗って聞こえてきた。大輔がため息と共に口を開いた。

「ぼくはここ数年、なんか人付き合いを避けるようになってね。結局、嫁さんがなかなか見つけられなくて、それが原因だと思うんだけど……。若い頃は結婚なんか成り行きに任せればええって、余裕の構えだったけど、実際三十を過ぎて、周りがバタバタと結婚を決めて、自分だけ取り残されるのは、なんか自分だけ甲斐性《かいしょう》がねえみたいで、ちょっと焦ったって言うか……。で、親父にせっつかれていくつか結婚相談所みたいなところを当ったら、中国人と見合いをするツアーがあるからそれに参加しねえかって勧められて……。なんでも向こうには日本に嫁ぎたがっている若い女がたくさんいるから、その中から選べばいいって言われて……。最初は騙《だま》されるんじゃねえかって警戒してたんだけど、帯広《おびひろ》の知り合いの農家が中国人の嫁さんを迎えて、うまく行ってるって話を聞いて、しょったらいっぺん行ってみるかって、それで恐々《こわごわ》中国までお見合いに行ったわけですよ。で、大連《だいれん》の空港に着いたら、出迎えの中国人がいて、マイクロバスに案内されるんだけど、そこにはぼくと同じような見合い目的の日本人がたくさん乗っていてね、それでこっちはなんか気が滅入っちゃうわけ……」

大輔が自嘲するように笑う。康彦は気持ちを察し、黙って相槌だけ打った。

「それでホテルの見合い会場に連れて行かれて、まるで団体客の部屋割りみてえに女の人をあてがわれて……。いや、渡航する前に写真と経歴書を見せられて、三人だけ選んで、その人たちと面談するんだけどね。それでも『はい次の方お願いします』なんて時間を区切られて、それもすぐ隣では別の人が見合いをしてるから、落ち着いて話も出来ねえし、暖房が効き過ぎて汗が止まらねえし、なんかカーッとして、わけがわかんねえまま見合いを終えて。誰がいいですか、なんて聞かれても、答えようがねえし。だいたい向こうにだって選ぶ権利はあるだろうし。それでも大金払って行った以上、手ぶらでは帰れねえから、三人の中で一番働き者そうな女の人を選んで、再面談を申し込んで、一月置いてからもういっぺん大連に行って、会って、話して、まあこれでいいかなって……。正直、疲れるべさ。どうでもよくなるとは言わないけど、早く済ませて楽になりたいって、そっちの気持ちの方が強くなるわけで……。ぼくは今、凄く恥ずかしい話をしてるべや。ホント、何言ってんだか。向田さん、普段関係ないから、農協の連中なんかよりは話しやすくって……」

大輔が落ち着きなく目を瞬《しばたた》かせた。

「いいって。話してよ。誰にも言わねえ。女房にも言わねえ。信用していいさ」

康彦は真顔で言った。何を聞いても自分の胸にしまおうと思った。

「ああ、ありがとう……。それで、あらためて条件確認をして。中国側だって日本に来て話がちがうってことになると大変だからね。いろいろ詰めることがあるべさ。収入はいくらだとか、一年に何日休めるのかとか。新婚旅行はハワイっていうのも条件のひとつなわけ。こっちも相手に健康診断書出させるから、まあ、おあいこってことなんだろうけど……。でも、日本人は信用されてるね。少なくとも韓国やロシアよりは、希望者の桁《けた》がちがうみてえだから。で、そうやって話がまとまったわけだけど、やっぱりぼくとしては、敗北感みてえなもんが心の底にあってね、自分の甲斐性のなさに嫌気がさすっていうか。だから、みんなの前に出るのがいやなわけ。たぶん、野村んとこの大輔は中国で嫁を買って来た、みてえなこと言って陰で笑う連中も中にはいるんじゃねえかって——」

「いねえ。そんなのいるわけねえ」

康彦は即座に否定した。いたら殴ってやるつもりになっている。

「昔から知ってて、家族同然で、なしてそったらこと思う。うちへ来るお客さんは、みんなよかったよかったって言ってるべ」

「そうかなあ」

「そうだって。もっと堂々としてろ」勢いで説教口調になった。「なあ、大輔君。いやかもしれねえが、いっぺん披露宴やれ。小さいのでいい。そこで嫁さん紹介しろ。それで全部終わる。たった二時間かそこらで、全部終わるべ」

「うん……」

大輔がうつむき、黙った。言い過ぎたかと不安になる。

「まあ、無理にとは言わねえけど……」

「やるかな。親父とおふくろも、あんた挨拶はどうすんだってうるせえし」

「そうそう。やるべ、やるべ」

「じゃあ、小さいのなら。農協の井本にでも相談してみっかな」

「井本君。いいねえ。彼はいい青年だ。こっちからも話しておくべさ」

康彦はほっとした。何やら大輔が心を開いた感じがある。

夕日を浴びた大輔がいい男に見えた。もっとも笑い方は、依然としてぎこちないのだが。

4

大輔が披露宴を行うという知らせは、和昌によってもたらされた。

「青年団と農協の有志が共同で、中国からの花嫁さんを歓迎する会を開くことになったべさ」

なんでも大輔は、自分が主役になる披露宴はやはりいやで、難色を示すことから、だったら奥さんの歓迎会ならどうかと提案したところ、最後には首を縦に振ったらしい。

「いや、実はおれが交渉に行ったんだけど」

和昌が意外なことを言い出した。

「大輔さんとかかわりのない若い連中の方がいい、自分たちだとどうしても先輩後輩の関係があって遠慮しちゃうからって、団長とか農協の人が言うから、おれとか瀬川さんとか、団の若手で大輔さん家《ち》に行ったべさ。アポなしで」

「へえー」康彦は納得した。なるほど、昔の事情を知らない人間の方が適役だろう。

「それで、金曜の夜に大輔さん家に行って、ご結婚なさったそうで、おめでとうございます、つきましては青年団でお祝いの会を開きたいのですが、ご出席願えますかって聞いたら――」

「おまえ、敬語使えるんだな」康彦が言った。

「話の腰を折るなって。それで、聞いたら、奥さんがお茶を持って出て来たから、ああ、これは話が早いと思って、奥さんにも話したのよ」

「ほう、それで?」

「いやあ、もう大喜び。わたし、日本のウェディングドレス着たいのことデスネって」

「そうなのか?」

康彦は驚いた。大輔の奥さんがどういう人か、これまで考えたことがなかった。中国の寒村からやって来たという情報から、地味で控え目な人間だと思い込んでいた。

「中国は赤がめでたい色で、白いドレスがあまりないから、ぜひ着てみたいって」

「それはよかったな」

「なんか、よくしゃべる面白い奥さんだった。大輔さんが、いいからもう奥へ行けって言っても、仲間外れにするのよくないアルヨって。おまけにお酒が好きらしくて、わたし日本のビール大好き、こんなおいしいビール、生まれて初めて飲んだアルヨって」

「ほんとにアルヨって言うのかい」康彦が疑いの目で聞いた。

「言うべや。作り話じゃねえ」和昌が目を剝いて言う。「だからこっちも面白くなって、奥さんといろいろおしゃべりして、お酒まで出されて、結局三時間ぐらいお邪魔したさ。ちなみに奥さんの名前はコーランさんね。字は知らねえけど」

　康彦は意外な成り行きに驚くばかりだった。あれだけ距離の遠かった大輔に対して、息子たちはいとも簡単に飛び込んでいった。そして奥さんとは打ち解けてしまった。

「それで帰ってから、団長と農協の井本さんに報告したら、じゃあ奥さんを主役にしてやるべって話になって、それを大輔さんに伝えに行ったら、またコーランさんが出て来て。やる、やる、うれしいのことアルヨって――。それで大輔さんも押された形で、仕方なしに了承して――。結局、再来週の日曜日の昼、町民ホールの会議室を借りてやることになったべ」

「ふうん。おまえ、お手柄だな」

康彦は急に和昌が頼もしく思えた。知らぬ間に大人になっている。

「なんもなんも。ただのメッセンジャーよ」

父親の感心をよそに、本人にはまるで気負いがなかった。やはり大輔の心情など、若者には想像の範囲外なのだろう。

「そういうわけだから、親父も顔を出すように」

「ああ、もちろんだべさ。ああ、大輔君に、散髪ただでやってやるから前日に来てくれって、おまえから伝えておいてくれ」

「わかった」

和昌が調子よく口笛を吹きながら、自分の部屋に消えて行く。そのうしろ姿を見送りながら、康彦はうれしくなった。我が息子は案外ちゃんとしている。これなら自分で嫁さんを探してこれそうだ。

そして大輔のことも。おせっかいかもしれないが、今後のことを思えば、お披露目した方がいい。

鈴虫の音色に合わせて、康彦も口笛を吹いていた。

大輔が披露宴を開くことはたちまち町中に知れ渡った。娯楽が少ないせいで、みんな理由を付けて集まりたいのである。向田理髪店に来る客も、すっかり参加する気で、その話題ばかりを振ってきた。主催する農協と青年団の有志が、会費制にして参加自由としたものだから、関係ない年寄り連中まで「わしも行く」と言っているのである。

さらには町の旅館業組合も手を挙げた。近年、北海道は中国人ツアー客に人気だが、札幌のホテルは宿泊費が高いので、バスで二時間程度の苫沢のホテルに宿泊するケースが増えていた。そのホテルが中国人スタッフが欲しいと、大輔の嫁に関心を示したのである。

社長以下従業員数人が参加表明をしている。

そうなると町役場も、国際結婚の成功例として内外にアピールしたいと言い出し、佐々木助役が主賓として挨拶をすることとなった。

康彦は心配になった。

「おい和昌。ええのか。こんなに大きくなって。大輔君は小さな会を望んでるんじゃねえべか」

「そったらことおれに言ってても知らねえべよ。おれたちは手作りの会のつもりだったけど、役場や商工会の上の人が出て来て、あれやこれや指示するから、いつの間にか膨らんでしまったべ。まあ、いいんでないかい。集まりが悪いよりは遥かにいいっしょ」

和昌は呑気なものであった。恭子までこれを機会にスーツを新調したいと言う。

「だって。こういうことでもないと、おめかし出来ないでしょ」

どこの家庭も似たようなものなのだろう。町全体がうきうきしている感じがあった。

披露宴の前日には、大輔が店に散髪に来た。披露宴の話に触れないわけにはいかず「いよいよ明日だねえ」と康彦が言うと、不安そうな顔で「なんか、みんなが来るみたいなんだけど」と元気なく言った。

「さあ、どうなんだろうねえ。うちは行かせてもらうけど、ほかは知らねえ」

康彦はとぼけた。賑やかな会になるとわかったら、大輔は物怖《ものお》じしてしまうだろうと思った。

「でも、町民ホールの小会議室が会場だったはずが、いつの間にか大きい方に変更になってるし。向田さん、何人来るか聞いてる？」

「さあ、ぼくは聞いてねえけど。まあ、いいんでないかい。みんな知った顔だし」

「ぼくとしては、そっと済ませたいんだけどなあ」

「二時間の我慢だ。町の連中は酒を飲む口実が欲しいだけだから、済んだらさっさと帰ればいいって」

「そうだけど……」

大輔は落ち着きなく目を瞬かせていた。それはほとんどチックとも言える症状だった。

披露宴の日曜日は快晴だった。空気が澄み渡り、ひんやりとして、朝は暖房が必要なほどだった。

向田理髪店は午前中だけの営業とした。康彦自身も披露宴ではみんなと酒を飲みたい。康彦は一応スーツを着た。恭子が歳に似合わない明るい色のスーツを、わざわざ札幌まで買いに行き、ついでにピンクのネクタイも買って来たので、不承不承《ふしょうぶしょう》それを締めた。和昌も何年振りかに正装をした。母まで着物を着ている。要するに、みんなして着飾る理由が欲しかったのだろう。

正午前、会場の町民ホールに行くと、すでにたくさんの町民が集まっていて、打ち上げ花火でも上がりそうな雰囲気だった。テニスコートほどの会場にはテーブルと椅子が並べられ、壁際にはビュッフェ形式の料理が用意されている。そして正面には雛壇《ひなだん》が設けられ、そこには《野村大輔君と香蘭《こうらん》さんの結婚を祝う会》の横断幕が掲げられている。

康彦はさすがに不安を覚えた。大輔がいやがるに決まっている。

「おい、これって大袈裟《おおげさ》でねえのか」

音響機材の準備をしていた和昌に聞いた。

「上の人の指示だもん。おれたちは知らねえべ」

和昌はなんの文句があるのかという顔をしている。

「大輔君は見たのか」

「ああ、さっきここにいたけど。今は控室なんでねえの」

康彦は気になって廊下の奥の控室へ行った。するとそこには世話役の井本ら数名がいて、硬い表情をしていた。

「井本君、どうした。大輔君は？」

「ああ、向田さん。それがいなくなったべや」

「はあ？」

「トイレに行くって、出て行って、それで消えた」

「どういうことよ」

「わからねえ。ただ、会場を見て、集まる人数を知って、話がちがうべって顔を強張らせて、おれらは、みんな祝ってくれるんだから付き合ってくれよって、なだめたんだけど、黙りこくっちゃって。それでトイレに立って消えた」

「あちこち捜したべか」

「うん。少なくともホール内にはいねえ」

そこへ青年団の若手が走ってきた。

「大輔さんの車がないです」

その場にいた全員が青くなった。

「花嫁はどうしてる」康彦が聞いた。

「花嫁さんは別の控室にいます。みんなの前で日本の歌を唄うんだって、練習してます」

「どうする。新郎が逃げ出したなんてことになったら大事《おおごと》だべ」

「とにかく手分けして捜すべ。農協の人たちは大輔君の家とその周辺。青年団の諸君はバス通りに沿って国道まで。参列者には言うな。花嫁にも言うな。ここにいる人間だけで捜すべ。和昌はここで待機しろ。連絡役だ」

康彦が指示を出し、みなが散らばった。がらんとした控室で、椅子に腰を下ろす。やはり余計なことをしてしまったのか――。大輔の取った行動に呆れつつも、同情する気持ちの方が強かった。大輔は精神的に弱っているのだ。それはムラ社会的な人間関係への拒否症だ。都会なら、誰にも干渉されずに生きて行ける。しかし田舎にその選択肢はない。

そこへ瀬川が現れた。

「おい、なんかあったべか。大輔君はどうした」

「ああ。いや、なんも」

「隠すな。若い衆が慌てて飛び出てったべや。新郎が逃げ出したか」

怖い顔で詰問する。瀬川には隠せないと思い、康彦は正直に教えた。

「馬鹿じゃねえべか。不登校の中学生じゃあるまいし。四十にもなる男が、この期《ご》に及んで何を考えてる」

「大輔君を責めるなって。普通の人にはなんでもないことが、彼には大変なんだから」

「おれも捜しに行く」

「どこへ」

「そんなもんハウスに決まってるべ。奴は子供の頃から、親に叱られるとハウスに逃げ込んでたべ」

瀬川が踵を返す。「ああ、じゃあ、ぼくも行く」康彦は後を追った。

廊下に出たところで恭子と出くわした。

「ねえ、大輔君は？　もう新婦は用意できてるけど」

恭子が香水をプンプンさせて言う。

「ああ、ええと、ちょっと着替えに戻ってるところ。シャツを汚したんだとよ。これから見て来るから、みんなにはもう少し待っててもらって」

康彦が咄嗟《とっさ》のうそをつき、二人であたふたとホールを出た。エントランスでは子供たちまで集まり、賑やかに遊んでいた。

瀬川の運転する軽トラックで農道を飛ばし、大輔の畑まで行く。果たして大輔の車がビニールハウスの陰に停められていた。お尻だけ見えるところが、本当に隠れているかのようで、康彦は切なくなった。

「ほら、おれの言った通りだべや」瀬川が鼻息荒く言った。

「瀬川君、怒るなよ。大輔君は精神的に弱ってるところだから、やさしく、やさしくな」

康彦がなだめる。瀬川は憮然《ぶぜん》とした面持ちで車を停めると、乱暴にドアを開閉し、大股でハウスの中に入って行った。康彦はついてきたことを後悔した。正直なところ、この場にいたくなかった。我を失った幼馴染の姿を、自分は見たくない。

「おーい、大輔君。いるか」瀬川が声を張り上げると、生い茂った葉の隙間《すきま》から大輔がぬっと顔を出した。

「何してる。みんな待ってるぞ」

「ちょっと、アスパラが気になって。今朝、凄く冷えたから」

大輔がぎこちなく微笑んで言った。苦しい言い訳が却《かえ》って痛々しい。

「いやかもしれねえが、ちょっとだけ付き合ってあげてくれ。こんだけ集まるってことは、みんな大輔君のことが好きだべや」

大輔がまた茂みに隠れた。返事はない。瀬川が首を左右に曲げ、一息置いて話を続けた。

「おれも都会に生まれればよかったって思うことはある。苫沢じゃプライバシーも遠慮もあったもんでねえ。みんな小さい頃から知ってっから、恰好のつけようがねえ。いっぺん恰好悪いことをしてしまうと、一生話のタネにされる。だから宿命だと思ってあきらめるしかねえ。大輔君、農業をやめるか？ やめねえべ。苫沢から出てくか？ 出て行かねえべ。だったら開き直るしかないっしょ。みんながひとつの池の中で、同じ水飲んで生きてるべや。それが苫沢だ。染まれ。染まって自分なんかなくしちまえ。楽に生きられるぞ」

すぐ手前の茂みから、大輔がいきなり現れる。

「うわっ。びっくりした。驚かすな」瀬川がのけぞった。

「すいません。戻ります」大輔が静かに言った。「ちょっと、気持ちを鎮《しず》めたかったから」

「そうか、そうか。じゃあ戻るべ」

瀬川が相好《そうごう》を崩し、大輔の肩を叩く。康彦は少々拍子抜けした。激しい感情のぶつけ合いでもあったらどうしようと、一人びびっていたのだ。

ともあれ、丸く収まりそうだ。康彦は安堵し、携帯で和昌に電話した。

「大輔君を見つけた。これから戻る」

「ああ、よかった。じゃあ捜索に出かけた連中に連絡するべ」

「参列者はどうしてる？　待たされて怒ってないかい」

「いや、もう勝手に飲み始めてる。カラオケまで始めて、おばさん連中が歌ってる」

そう言われれば、電話の向こうから歌声が聞こえる。

「新婦はどうしてる」

「コーランさんも一緒に歌ってる」

「はあ？」

「いや、だからそういう人なんだって。もうみんなと仲よくなってる」

康彦は体の力が抜けた。中国からやって来た大輔の嫁は、相当さばけた女のようである。

ホールに戻ってみると、本当にみんなでカラオケ大会をやっていた。ホテルの社長や助役の佐々木も、赤ら顔で手拍子をしている。新婦は若い奥さん連中と一緒に踊っていた。

「こらー。遅いぞ、新郎」

入って来た大輔を見つけるなり、男衆から叱責の声が飛んだ。もちろん本気ではない。

「さっさと挨拶済ませろ」

「そうだ。でねえとエンジンがかからねえべ」

カラオケの音がやむ。大輔が壇上に上がった。みなの視線が集まる。康彦は親のようにどきどきした。和昌がマイクを手渡す。

「あの、その、きき、今日は……」大輔がどもった。

「あーっ？　聞こえねえ」誰かが大声で言う。

「オメがうるさいからだ。静かにしろ」瀬川が一喝した。

一転して会場が静まり返った。

「あのう、本日はお忙しい中、おお、お集まりいただいて、まま、まことにありがとうございます」

大輔の声がかすかに震えている。康彦の方こそこの場から逃げ出したかった。

「このたび、わわ、わたくし野村大輔は、しし、新婦香蘭と結婚することになりまして……」

奥さん連中に背中を押された新婦が、壇上で大輔と並んだ。

「いよっ。ご両人！」

青年団から声が飛んだ。どっと笑い声と拍手が起きる。

「それで、あの、その、今後ともよろしくお願いします」大輔が頭を下げた。

「なんだ、そんだけか」どこかの年寄りが不満そうに言う。

「ええでねえか。それとも長え話が聞きてえのか？」

瀬川が言い返し、会場が爆笑に包まれた。

「あの、しょったらもう少しだけ……」

大輔があらためてマイクを持ち上げた。

「ぼくは四十になるまで嫁さんが見つからず、みなさんにご心配をかけてきましたが、今日、こうやって妻を娶《めと》ることが出来ました。もう知ってると思いますが、妻は中国から来ました。右も左もわからない異国に嫁ぐ決断をした勇気を、ぼくはまず尊敬します。だからぼくも妻の決断に応えるべく、あの、その……」

大輔が言葉に詰まる。

「しあわせにしますだろ！」と瀬川。

「はい、しあわせにします」

会場に拍手が鳴り響き、康彦は鼻の奥がつんときた。

小さなスナック

1

町役場の裏手の旧映画館横の空き家に、新しくスナックがオープンした。苫沢町という過疎地で新規開店というのは極めて珍しいことであり、向田康彦が記憶の糸を手繰《たぐ》っても、それは十数年振りという出来事だった。

店を開いたのは三橋早苗《みつはしさなえ》という四十二歳の女で、康彦はその名を聞いたとき、ああ三橋さんのところの早苗ちゃんか、とすぐに素性がわかった。確か自分より一回りほど下で、高校を卒業すると町を出て札幌で就職した女の子だった。それからのことは知らなかった。里帰りしたところを見たことがなかったし、三橋家ともあまり付き合いがなかったせいで話も聞かず、これまで思い出すことがなかった。それが突然、町に戻ってきて店を開いたのである。

「ほら、三橋さん家《ち》、親父さんが亡くなって、奥さん一人になったっしょ。それで面倒見るために帰ってきたみたいさ」

情報を持ってきたのはガソリンスタンドの瀬川だった。

「なんでも札幌で結婚したが、すぐに離婚して、それ以降は一人で暮らしてたらしい。兄貴もいるけど、兄貴は仙台に出て行って、そこで家を構えてるし。奥さんは苫沢を離れたくないって言うから、それで娘の方が帰って来たって話だ」

向田理髪店のソファで、自分で勝手にお茶をいれて飲んでいる。

「ふうん。でもスナックっていうのは意外だべ。こんな人もいねえところでやっていけるのか」

康彦が言った。自分たちの行きつけの大黒というスナックですら、客がいなくて営業は週に三日だけである。

「知らね。でもそっちの経験があるんでないかい。早苗って子は」

「そうなんか？」

「だって素人《しろうと》がいきなりスナックなんか始めるもんか。札幌でＯＬやってたとしたら、こっちに来ても事務の仕事を探すべな」

瀬川の言葉に、康彦はなるほどと納得した。つまり、早苗は札幌でも水商売をしていたということなのだろう。

「で、瀬川君は行ったの？」

「いや、おれはまだ。うちの陽一郎は行ったそうだけどな。居抜きで借りた店だから、中は古い店のまんまらしい。ほら、あそこ、前はミドリって店だったべ。それが潰れて五年間放置されてて、カウンターも椅子も、あるのを使ってるってさ。で、ママは結構美人らしい。ま、二十四歳の若者には、四十過ぎの女なんて関心ないだろうが、大黒のバアサンに比べたら枯れ木と椿の花ぐらいの差はあるべ。あはは」

康彦は高校生の頃の早苗を思い出そうとした。どちらかというとおとなしい子で、地味だった印象しかないのだが。

「でも、大黒のママはおだやかでねえべ。商売敵だもんねえ」瀬川が楽しそうに肩を揺すって言った。「これまで客相手に威張ってたから、少しぐらい焦らせた方がいいべや」

「まあ、そうだけど」

「やっちゃん、今夜あたりのぞいてみねえか。その早苗ちゃんの店。三橋さんなら昔からうちのお客さんだし、灯油も届けてるし、挨拶がてらに」

「そうだね、行くべか」

康彦は承諾した。何もない町なので変化があるのはいいことだ。それに美人ママと聞けば、行かない手はない。

その夜の夕食後、「さなえ」という名の店に瀬川と二人で行くと、十人ほど座れるカウンターはすでに客で埋まっていた。役場が近いので、仕事帰りの職員が大半のようだ。顔見知りも何人かいて、カラオケで盛り上がっている。

「何よ、オメら。もう常連になってるべか。女っ気があるとすぐこれだ。カカアに言いつけるぞ」

瀬川が冗談を飛ばすと、若い役場の職員が「ぼくらテーブルに移りますから」とカウンター席を譲ってくれた。

「いらっしゃいませ」

ママが愛想よく挨拶する。康彦の知る早苗とはほとんど別人に見えた。化粧のせいもあるのだろうが、かつての面影はない。そして一見して水商売の女だとわかった。少なくとも、つい最近始めたという物腰ではない。

店内を見回すと、内装は確かに古いが、清掃が行き届いていて感じは悪くなかった。新しく貼《は》られた赤い壁紙はママの好みだろう。

「ママが三橋さん家の早苗ちゃん？　おれら誰だかわかる？」

瀬川が出されたおしぼりで顔を拭いて言った。

「ごめんなさい。みなさん何十年振りとかだから、誰もわからないの」

早苗が申し訳なさそうに標準語で言った。

「そりゃわからねえべさ。ぼくらだって、道ですれ違っても早苗ちゃんとはわからねえから」

康彦が助け船を出す。

「おれはガソリンスタンドの瀬川。こっちは床屋のやっちゃん」

瀬川がそう言って顎をしゃくると、早苗は両手で口を覆い、目を丸くして「うそー。瀬川さんと向田さん？」と甲高《かんだか》い声を上げた。

「二人とも正真正銘、五十代の中高年。面影あっか？」

「そういえばあるかなあ。わたしが高校生のときは、お二人とももう結婚して家業を継いでたと思うんだけど」

「ああ、そうだね。早苗ちゃんとぼくらは一回りちがうから、あんまし口を利いたこともなかったけど」

康彦が答えた。

「でもわたし、兄が散髪してる間、向田さんのお店でマンガ読んでた記憶がある」

「そうだった、そうだった。まだ小学校低学年の頃だべ。早苗ちゃん、いつもお兄ちゃんのうしろについて歩いてたから」

昔話でいきなり距離が縮まった。もっともさすがに歳が離れているせいで、一緒に遊んだ記憶はなく、町にあった映画館のこととか、秋の祭りで昔は喧嘩神輿《みこし》があったとか、表面的な話しか出来ないのだが。

この先も通うことになりそうなので、二人でボトルを入れた。早苗が身をよじってよろこんでいる。

あらためて見ると、早苗はとくに美人と言うほどではなかった。顔の造作が昔風で目も細い。ただ、どこか妖艶《ようえん》で男好きする感じはあった。

そして町にはいないタイプの女だった。女の人生を歩んできた、そんな雰囲気を全身から醸《かも》し出している。

「ところで早苗ちゃん、札幌では何してたさ」瀬川が聞いた。

いきなりそういうこと聞くなよ、と康彦は眉をひそめた。瀬川はあけすけなところがある。話したくない過去があるかもしれないのに。

「今と一緒。水商売ですよ」

けれど早苗は、表情を変えることなく、明るく答えた。

「初めはOLやってたけど、結婚して一旦仕事を辞めて、それで離婚して、まだ若かったから思い切って東京に行って――」

「うそ。東京に行ってたべか」瀬川が大袈裟に驚いた。

「うん。十年くらい行ってましたよ。赤坂《あかさか》のクラブでホステスを始めて、そこで知り合った先輩ホステスが札幌出身で、『今度故郷に帰ってすすきのに店を開くの。あなたも来ない？』ってスカウトされたから、わたしもついて帰って来て、そこでチーママやってたんですよ」

「なるほどねえ。どうりで慣れた感じだべ。赤坂かあ。そりゃ凄《すげ》え。行ったことねえけど」瀬川がため息混じりに感心している。

康彦は赤坂と聞いて、早苗がますます垢抜《あかぬ》けて見えた。早苗は東京の一等地で一流の客を相手にしてきたのだ。

「早苗ちゃん、女優の田中裕子《たなかゆうこ》に似てるべ」

瀬川が言った。そう言われれば、似ていなくもない。

「えーっ、うれしい。どうしましょ」早苗が頬を両手で包み、よろこんでいる。

「誰ですか。田中裕子って」役場の若い職員が横から聞いた。

「オメら、田中裕子を知らねえべか。有名な女優だぞ。ああ、沢田研二《さわだけんじ》の嫁さんだ」

「沢田研二って？」

冗談で言っている様子はない。康彦たちは三人で顔を見合わせ、どうりで自分たちも歳をとるはずだと声を上げて笑った。

「ちょっとマイクを貸せ。おれが一曲唄ってやるから」

瀬川が上機嫌でマイクを握り、カラオケで沢田研二の曲を唄った。若い衆からやんやの喝采《かっさい》を浴びる。康彦も横で一緒に唄った。

店にはその後も次々と客が訪れた。開店したばかりの物珍しさがあるとはいえ、たいした繁盛ぶりである。長居するのも申し訳ないので、康彦たちは二時間ほどいて切り上げることにした。

呼んだタクシーが到着すると、早苗はわざわざカウンターから出て来て、ドアの外まで出て見送った。大黒のママではあり得ないプロの所作である。

「ありがとうございます。また来てくださいね」手を膝《ひざ》に置き、深々と頭を下げる。全身を見ると、早苗は華奢《きゃしゃ》な体で、ウエストなど少し強く抱きしめたら折れてしまいそうだ。

おっと、いい歳をして何を考えているのだ――。康彦は酔った頭で自分に茶々を入れた。しかし考えてみれば、苫沢に色気のあるスナックが出来たこと自体が、久し振りの快挙である。みなが浮かれるはずだと思った。

「早苗ちゃんはいいママさんだべえ」

瀬川はすっかり鼻の下を伸ばしていた。

家に帰って妻の恭子に早苗の店の話をすると、恭子は一瞬表情を曇らせ「美人ママだからって入れあげないように」と釘《くぎ》を刺してきた。

「なんだ、オメ、やきもち焼いてるべか」康彦が苦笑する。

「そんなわけないでしょう。自惚《うぬぼ》れないの。向こうは商売だから、いい顔するかもしれないけど、真《ま》に受けないようにってこと」

「オメ、早苗ちゃんのこと知ってたっけ」

「知ってるわよ。わたしがここへ嫁いできたときは、早苗ちゃん、おさげの中学生だったでしょう。婦人会でバザーやるときは、奥さんに連れられていつも手伝いをしてたから」

「ふうん。で、帰って来てからは見たのか」

「うん、見た。先週、山縣の中央病院へ定期健診で行ったとき、三橋さんの奥さんに付き添って来てたのよ。ほら、あの奥さん、膝が悪いから。で、そのときちょっと挨拶したのよ」

「変わってたべ」

「そうね。奥さんと一緒でなかったら、わからなかったと思う」

「しかし親孝行な娘だ。母親の面倒を見るために、こんな過疎の町に帰って来るんだからな」

康彦が感心して言うと、恭子は少し間を置いたのち、「事情があるんじゃないの」と突き放すように答えた。

「どういうことよ」

「わけありってこと。でなきゃ帰って来ないでしょ、こんな過疎地に。親の面倒を見るくらいで」

康彦は恭子の指摘に、はたと考えた。確かに、あの色香で田舎に引っ込むのはもったいなさ過ぎる。女の四十二という年齢は微妙だが、五十代の康彦から見ればまだまだ女盛りだ。

「オメ、何か聞いてるのか、早苗ちゃんのこと」

「ううん、聞いてない。人のことはむやみに詮索《せんさく》しない方がいいでしょう」口をすぼめ、小さく顎を突き出す。

「まあ、そうだが」

確かに、小さな町だからこそ余計に気遣いが必要だった。康彦だって、町の人間関係で胸にしまってあることがいくつもある。

その夜は早苗が夢に出た。妻の話を聞いたせいか、借金の保証人になってくれないかと頼まれる夢だった。そして淫夢《いんむ》でもあった。色仕掛けで迫られたのである。甘い気持ちになれて、決して悪い夢ではなかったのだが。

2

早苗の店は連日賑わっている様子だった。息子の和昌も青年団の仲間と連れだって行ったが、満員でぎゅうぎゅう詰めだったと言っていた。

「助役の佐々木さんまでいた。カラオケでサザンを唄ってた」

どうやら役場の職員の行きつけの店になっている様子だ。

康彦は参考までに若者の意見を聞いてみた。

「オメたちから見て、早苗ママはどんなだ？」

「どんなだって？」

「色っぽいとか、おばさん臭いとか」

「おばさん臭いってことはねえべな。大黒のママと比べたら月とスッポンだ」

「そりゃそうだが……。オメな、それはよそで言うなよ」

「言わねえって。それくらいの常識はあるさあ。まあでも、もう一人、二十代の子でも入れてくれたら、もっといいべな。苫沢のスナックに若いホステスは一人もいねえからなあ。みんなおばさん」

和昌は早苗個人にはあまり興味がない様子だった。瀬川が言うように、二十代の若者にとって四十過ぎの女は視界にも入らないのだろう。

「しかし、佐々木さんも客になってるとはな。さなえはもう町一番の人気店だべ」

康彦が感心してひとりごちると、和昌が「瀬川さんも来てたよ。遅い時間に現れて、隅っこで一人で飲んでた」と言った。

「陽一郎君じゃなくて、親父の方か？」

「そう。ママさんとうれしそうにおしゃべりしてた」

康彦はやれやれと思った。いつもなら飲みに行くときはしつこいくらいに康彦を誘うのに、一人で行っているとは。

「ああ、しまった。さなえにいたこと、お父さんには言うなよって言われてた」

和昌が慌てて顔をしかめる。

「じゃあ聞かなかったことにする」

「頼むね」

隠したいということは、瀬川にも照れがあるということだろう。いい大人がのぼせているのである。

その日は、元同級生で電気工事店の谷口修一が客として理髪店にやって来た。

「やあシュウちゃん、景気はどうだべ」

「知ってて聞くな。よくもなく、悪くもなく、苫沢町に変わりなし」

谷口が俳句でも詠むように言う。

「ああ、そうだ。シュウちゃん、新しく出来たスナックには行ったべか」

「ええと、一回、行ったかな……。それがなんかしたべか？」

「はは。早速行ったか。いや、美人ママが苫沢にやって来たって評判だから」

「小さな町に新しく店が出来たら、のぞかないわけにはいかねえっしょ」

谷口が少しぎこちない表情で答えた。

「ママの早苗ちゃんは前から知ってたかい？　三橋さんの家とは付き合いがなかったろう」

「うん、知らなかったな。でも知らない人のほうがいいって、ママは笑って言ってたさ。元同級生とかが客で来ると、やりにくくてしょうがないって」

「そりゃそうだ」

早速散髪に取りかかる。奥から恭子が出て来て挨拶をした。蒸しタオルを出して谷口に手渡す。

「午前中、婦人会の寄り合いで敦子《あつこ》さんと一緒だったわ」

恭子が言った。敦子というのは谷口の妻である。

「谷口さん、最近飲み歩いてばかりいるんだって？　敦子さんがぶつぶつ言ってた。うちの旦那は毎晩飲みに出かけるって」

家族ぐるみの付き合いなので、恭子は軽口を叩いた。

「谷口さんもさなえでしょう。苫沢の男衆はみんな、さなえが出来てから、夜になるとそわそわするって、奥さんたちはみんな怒ってたわよ」

「いや、たまに行くくらいだから」

谷口が焦って言い返した。康彦が笑いをこらえる。さっきは一回と言っておいて、本当は何度もさなえに行っているのだ。

「瀬川さんの奥さんも文句言ってたよ。飲み代だけじゃなく、タクシー代が馬鹿にならないから、これからは歩いて行かせるって」

「そうそう、瀬川君こそ常連だ。毎晩行ってるんでねえのか」と谷口。

「じゃあ、それを知ってるってことはシュウちゃんも通ってるってことだべさ」

康彦がからかうと、谷口は「いや、聞いた話だ」とむきになって言い訳をした。

「みんながお金を使うことは、経済が動いて、町にとってはいいことだって、役場の人が来て言ってたけどね。でも、奥さんたちは穏やかじゃねえべな。自分の亭主が水商売の女に入れあげてるなんて」

「だから、ぼくは入れあげてねえって。どうせ夜はやることねえし、家でテレビ見てるくれえなら、ちょっと出かけて、誰かとおしゃべりしてこようって」

谷口が、何やら必要以上に弁解している。恭子が奥に下がると、今度は瀬川のさなえでの行状《ぎょうじょう》を暴露し始めた。

「入れあげてるのは瀬川君だべや。カウンターの端の席を自分の定位置みたいにして、何かって言うとママを手招きしてひそひそ話だもん。あれは感じ悪いわ。瀬川君は昔からそういうところあるからねえ。何かって言うと内緒話をしたがる」

「別に内緒話ってことはないんじゃないの。カラオケでうるさいからだべ」

「いいや、あれはちがうね。ママに気があるべ。だいたいウイスキーのボトルキープが竹《たけ》鶴《つる》っしょ。店でいちばん高い酒を入れて関心を引きたいのが見え見えだべさ」

「竹鶴を入れたの？　それは凄《すげ》え」

「だろう？　大黒ではブラックニッカしか飲まねえくせして、さなえではいきなり竹鶴よ。

みんな呆れてるさ。瀬川君の奥さんが文句言うのは当然だと思うね」

谷口が益々むきになる。康彦はおかしくて、気があるのはお互い様じゃないの、と言いそうになったが、堪えて調子を合わせていた。

「おれに言わせれば、役場の観光課長もはしたねえべ。何かって言うと、旅館組合の連中を誘い出して、それでママの前でお世辞言わせて大物気取りだ」

「観光課長って、桜井《さくらい》君のことか」

「そうそう。行くと毎回いるわけよ。それに、どうやら支払いは組合らしいのさ。それって贈賄《ぞうわい》になるんでないかい」

「どうだろうねえ」

康彦は肩をすくめた。どうやら苫沢では、何人もの男が早苗にのぼせているらしい。それも全員が同じ中学の出身で妻子持ちである。

一方で一抹《いちまつ》の不安も覚えた。もしかしたら、この小さな町で、男たちが早苗を巡ってさや当てを始めるのではないか、と。康彦が知る限り、苫沢でその手の艶聞《えんぶん》が持ち上がったことはない。滅多によそから人が入って来ないので、のぼせる相手もいなかったということもあるのだが。

「おれは桜井がいちばん油断がならねえと思うよ。昔、観光ホテルの従業員の女の子に手え出した前科もあるしな」

谷口が不愉快そうに言う。

「オメ、それってスキー場があった二十年も前の話だべ」

「人の本性なんか変わるもんか。今度あいつがママに話しかけるときの声色《こわいろ》を聞いてみろって。子供が甘えるときの声だ。聞いてるこっちが恥ずかしい」

谷口はその後も桜井の悪口を言い続けた。康彦が苦笑して聞いていると、さすがにむきになり過ぎたと思ったのか、「まあ、おれには関係のないことだけどさ」と、無関心を装いつつも鼻の穴を広げて言った。

ただ、いつもならカットと顔剃りだけなのだが、この日は「たまにはやっちゃんにも儲《もう》けさせてやるべ」と、フェイスパックを注文した。谷口には初めてのエステ体験である。

康彦は、同い歳の五十男がなんだか可愛く思えてきた。


谷口が帰ると、入れ替わるように瀬川がやって来た。こちらは散髪ではなくいつもの時間潰しである。客もいないので、お茶をいれて話し相手になった。

「裏山の一人暮らしの爺ちゃん、やっと町営住宅に入ったそうだ。これで地域バスのコースが短縮出来てガソリン代が削減されるって、みんなほっとしてたべな」

「そうか。そりゃあ役場も民生委員も助かるな」

そんな世間話をしたあと、康彦はさなえのことを、瀬川の口からも聞いてみたくなり、話を切り出した。

「ところで瀬川君、毎晩さなえに通ってるんだって？」

すると瀬川はさっと顔色を変え、「誰がそったらこと言ってるのよ」と強い口調で言った。

「瀬川君の奥さんが、婦人会の寄り合いでぼやいてたそうだべな。それからシュウちゃんも言ってたな」

「谷口のシュウ坊がか。ははっ。何を言うか。毎晩通ってるのはシュウちゃんの方だべ」

谷口の名を聞くと、瀬川が鼻で笑った。「やっちゃん、知ってるべか？　シュウちゃんのやつ、照明のカタログを持参して、安く工事してやるから、もう少し店内をムーディーにした方がいいって、そんなこと言ってんだぞ。そんなもん、田舎のスナックに必要あるもんか。開店したばかりで、余計な金を使わせることはねえ。シュウちゃんはママの気を引きたい一心でそんな話を持ちかけてるだけだべ」

「そう。でもまあ、いいんでないかい。仕事熱心なのは」

まさか相槌も打てないので、康彦は形だけでも谷口を庇《かば》った。

「だから仕事じゃねえって」

「うん、まあ、そうだけど」

「それより、おれがどうかと思うのは、シュウちゃんのやつが自転車で飲みに行ってることだべや。タクシー代がもったいないんだろうが、自転車だって酒飲んで乗れば立派な飲酒運転よ。知らないわけはねえべ。まったくよくやるよな、まだ雪が残ってる中で、二十分も自転車漕《こ》いでわざわざ飲みに行くなんて。おれ、警察にチクってやろうかと思ってるのさ」

「それはやめようよ。酔っ払って乗ってるわけじゃなかろうし」

「酒気帯びは酒気帯びよ」

瀬川の舌鋒《ぜっぽう》はいっそう鋭くなっていく。谷口はゴルフでもカラオケでも、いつも一緒に遊ぶ幼馴染なのに、この悪態である。康彦は早苗の話題を振ったことを後悔した。

恐らく苫沢の男衆の何人かは、早苗ママが気になって仕方なく、浮足立っているのだろう。そして免疫がないから、対処法がわからない。中学生の恋心と変わるところがないのだ。

これも過疎地ならではの人間模様である。康彦としては、黙って見ているしかない。

休みの日、日曜大工で必要な物があり、康彦は隣町のホームセンターに一人で出かけた。パネルや金具をカートに入れ、レジに向かおうとすると、通路の向こうに早苗がいた。何かの収納ケースを選んでいるようだ。陳列棚を見上げている。

夜とはちがって薄化粧だった。髪も後ろで束ねてあるだけだ。どこか物悲しげに見えた。困っているような、何かを憂いているような。早苗はどんな事情があって苫沢に帰って来たのか——。

その横顔を眺めていたら、康彦まで胸がキュンとした。異性を意識するなんて、いったいいつ以来のことか。思い返そうにも記憶の糸口すらない。世間が狭いとはこういうことなのか。

声をかけようか迷っていたら、棚の陰から三橋の奥さんが現れた。一人ではなく、母親を連れて買い物に来たらしい。どれにしようかと二人で相談している。その親孝行振りも、なんだか健気に映った。

康彦は声をかけるのがもったいなくなり、しばらく見惚《みと》れていた。

3

日曜日の午後、町民ホールで民謡ショーがあった。町役場と旅館組合の主催で、プロの民謡歌手が何組かやって来てステージで唄う毎年恒例の行事だ。チケットを買うのは大半が老人で、ショー自体が町の老人のための慰問会のようなところがあった。康彦の母・富子も毎年楽しみにしているので、康彦は午後を臨時休業にして連れて行くことにした。いつもだと車で送り迎えをするだけなのだが、今年は自分も当日券を買い、会場に入ることにした。心の隅に、早苗も母親を連れて来るのではないかという思いがあったからだ。店での早苗もいいが、昼間に見る早苗はもっといい。

ホールに到着すると、エントランスに瀬川がいた。きょろきょろとあたりをうかがっている。

「よう、瀬川君もおふくろさんを送って来たべか」

声をかけると、瀬川はぎこちない笑みを浮かべ、「いや、今年はおれも観ようと思ってさ」とチケットをひらひらと振って見せた。

「じゃあ、ぼくも当日券を買って観ようかな。どうせ二時間ぐらいのものだし」

康彦は母を先に行かせてから、今思いついたように言った。

「何よ、店はいいべか」

「カミさんにメール打って臨時休業にするさ。どうせ予約も入ってないし」

「いやあ、思い立ってくる客もいるっしょ。店にいねえといけねえぞ」

瀬川は、康彦が邪魔なのか追い払おうとした。どこか態度がよそよそしい。そこへ谷口が母親を引き連れてやって来た。

康彦たちと目が合うと、決まりが悪そうな顔をして近寄り、「まだ雪が残ってるから心配で、おれが送って来た」と、何も聞かないうちから言い訳した。

「そう。じゃあ帰りはぼくが家まで送って行ってあげようか。こっちは最後までいることにしたから」

康彦が言う。

「いや、実は前売り券があって、おれも観ることになってる。おふくろが間違って余分に買ってしまったから。まあ、民謡もたまにはいいかなって、そんなことも思ってるんだけどね。あはは」

そんなことを言いながら、落ち着かない様子で、周囲を見回している。誰しも考えることは同じようである。

開演までまだ時間があるので、三人で喫煙コーナーに移動し、たばこを吸った。会話はあまり弾まなかった。三人とも入り口に現れる人影が気になって、ちらちらと視線を走らせている。

こうなると、彼らとは一緒にされたくないという気持ちが湧いてきた。自分は早苗を見られたらいいなと、その程度の気持ちで来ただけなのである。彼らほどの下心はないつもりである。

五分ほどして、早苗が母親と一緒に現れた。空振りではなかったことにほっとする。早苗はとくに着飾っておらず、普段着姿だった。白いダウンジャケットにジーンズにブーツ、シンプルな出で立ちである。ただそれでも町民の中では目立った。オーラを発すると言っては大袈裟としても、佇《たたず》まいに華がある。

三人とも視線は向けたが、牽制《けんせい》し合ってか、誰もその場を離れなかった。早苗は、母親が知り合いを見つけて挨拶を交わす、その横に寄り添っている。

「三橋さんの奥さん、膝の具合はよさそうだべ。杖《つえ》をついてねえから」

康彦が、早苗ではなく、母親の方の話を振った。

「赤外線治療器を買って自宅で当ててるらしいべ」と谷口。

「ふうん」相槌を打ったが、なんでお前がそんなことを知っているのかと不快になった。

瀬川も同様の顔色である。

「じゃあそろそろ中に入るかな」

これ以上彼らといたくないので、康彦は一人で会場に入った。全席自由で母は友人たちと前方にいた。康彦は離れて後方の端の席に座った。もとよりステージを観たいわけではない。きっと途中で寝てしまうことだろう。

ほどなくして、早苗が母と一緒に入って来た。康彦の視線に気づき、笑顔で会釈した。康彦も笑顔で返す。心が温かくなった。これだけで今日の目的を果たしたようなものである。

早苗親子は五列ほど前の中央あたりに並んで座った。いい具合に斜めうしろから表情の一部を盗み見ることが出来る。二時間退屈しないで済みそうだ。

瀬川を探すと、康彦とは反対側の後方に座っていた。この男も斜め後方から早苗の様子を盗み見るつもりか。まったくあさましい中年めと、康彦は自分を棚に上げて思った。そして谷口は、康彦のすぐうしろの列の席に座った。

「何よ、気になるなあ」康彦が振り向いて文句を言うと、「いいべ、どこだって」と抗弁し、動かなかった。これで早苗を眺められなくなった。視線の向かう先がうしろの谷口にばれてしまうからだ。

馬鹿馬鹿しいか、いくらなんでも——。康彦は自分を諭した。こんなことで張り合ったところで、何がどうなるものでもない。それぞれ妻子を抱えた平凡な五十男なのだ。

仕方なく椅子に深くもたれ、目を閉じた。これ以上、早苗のことを考えるのはよそうと思った。瀬川や谷口と同じレベルまで下りて行きたくない。

民謡ショーの間、康彦は半分ほどうたた寝していたが、目が覚めたときは、自然と早苗の横顔に目が行った。柔らかな頬のラインに見惚れる。そしてすぐうしろに谷口がいることを思い出し、また目を閉じた。

民謡ショーが終わると、ロビーでは客に甘酒が振る舞われていた。母が年寄り同士、井戸端会議を始めてしまったので、仕方なく脇で待っていると、すぐ近くでは役場の観光課長、桜井が早苗に話しかけていた。

「早苗ちゃん、どうだべか。楽しんでもらえたべか?」

なるほど、谷口が言う通りの甘ったれた声だった。こっちまで不快になってくる。会話を邪魔したいのか、谷口が横から口をはさんだ。

「おい、観光課長さんよ。車で来てる人もたくさんいるのに、甘酒しかねえのはどういうことだべ。ほんとオメは子供の頃から気が利かねえな。コーヒーぐらい出しとけ」

いかにも小馬鹿にした口調である。桜井はさっと顔色を変えると、「館内には自販機があるべ。コーヒーぐらい自分で買ってくれ。シュウちゃんは昔からケチだったもんなあ」と負けずに言い返した。

「誰がケチだ。オメの新築祝には一万円も包んでやったべ。オメは五千円だったろうが」

「またその話だべか。シュウちゃんのところは増築だったから加減した、それだけのことだろうが。しつこいねえ、シュウちゃんも」

両者の大人気ない言い合いが始まる。康彦は見ていて情けなくなり、母を促して帰ることにした。

「あ、向田さん」そのとき早苗が名前を呼んだ。

「うん。何?」振り返ると、目の前に早苗の顔があった。

「図々《ずうずう》しいお願いなんですけど、向田さんの伝手《つて》で、理髪用の鋏、安く買えませんか?」

「うん。買えるけど、どうして?」

「実は母の髪のカットをわたしがやろうと思って。もう美容院にいくほどじゃないし、節約になるから。それにこの辺では売っていないし」

「あ、そう。お安い御用だ」

頼みごとをされ、いきなりしあわせな気分になる。来た甲斐があったというものだ。

「すいません。いちばん安いのでいいです」

「わかった。すき鋏と二本一緒に取り寄せといてあげる」

「やっちゃん、それくらいプレゼントしろ」すると瀬川が横からしゃしゃり出た。

「いいです、いいです。買います」慌てて早苗がかぶりを振る。

「遠慮すんな。向田理髪店は競争相手がいねえのをいいことに暴利をむさぼってるべ」

瀬川が手をひらひらと振って、からかうように言う。康彦はむっとした。

「どういう言い草よ。組合に入ってるから理髪料金はどこも一緒だべ」

「談合に守られてるってことだべさ。世の中は競争よ。ちがうべか？」

「だったら瀬川君のところのガソリンと灯油の値段はどうなのよ。山縣のスタンドの方が安いべや」

「でもそこまで行くガソリン代が無駄だべさ」

「だから、それをいいことに暴利をむさぼってるのは瀬川君の方じゃねえのか？」

康彦たちも言い合いになった。まるで子供である。早苗は困惑した顔でそっと離れていった。

ホールから出て行く早苗と母親の後姿を見送った。すらりとしたスタイルの早苗は、やはり雰囲気そのものがちがっていた。男たちが色めき立つのも無理はないとあらためて思った。

そして早苗を眺めながら、康彦はあることに気がついた。町の女たちが誰も早苗に声をかけないのだ。町民ホールには年寄りばかりでなく、三十代、四十代の女も集っていたが、早苗には近寄ることもなかった。少なくとも康彦は見ていない。声をかけ辛《づら》いのか、敬遠しているのか。突然帰って来たわけあり風の妙齢の女を、町の女たちは歓迎していないということなのだろうか。

康彦はふと早苗の孤独を想像した。彼女に友だちはいるのだろうか。


帰宅後、気になって恭子に聞いてみた。

「三橋さんのところの早苗ちゃん、町の婦人会には入ってねえべか」

「うん、入ってない。そもそも独身の人は一人もいないし」

恭子はテレビを見ながらうなずいた。

「そういう決まりでもあるのか」

「決まりはないけど、みんな結婚して主婦になって、それで入るのがこれまでの慣例になってるから」

みかんを食べながら答える。

「誘ってやったらどうだべ。あの子、今日は女衆とは誰とも口を利いてなかったっしょ。仲間外れはいけねえぞ」

「そうねえ……」

てっきり否定するものかと思ったら、恭子はここで向き直り、表情を曇らせた。

「わたしも、誘うべきだと思うけど」

「どういうことよ。反対する人でもいるべか」

「うん、実はいるのよ」

「誰だ」

「うーん」恭子が下唇を剝いて唸る。「名前は出したくないけど、何人かいる。水商売の人は嫌だって」

「それは偏見だろう。小さな町で、せっかく生まれ故郷に帰って来て、それで水商売だから入れませんって――」

康彦はそんな意見があることに驚き、義憤にかられた。

「でも、早苗さんが入りたいって言うのならまだしも、入会の申し込みもないわけだから……」

「そういうのはこっちが誘わねえと。自分から入れて欲しいとは言えねえもんさ」

「ちなみに反対してるのはどういう連中だ。まさか瀬川君やシュウちゃんの嫁さんはそんなこと言ってねえべな」

「まあ、そうだけど」

「ちがう、ちがう。早苗さんと同年代のもっと若い人たち」

「なんだそれは。歳が近いなら、いちばん仲良しになれそうなもんだろう」

「わたしは、なんとなくわかるけどね」

恭子が肩をすくめ、ため息混じりに言った。

「自分の亭主がぽうっとのぼせてるのが気に食わないんじゃないの。夜な夜なママさん目当てにスナックに通ってるなんて、警戒する気持ちもわかる」

そう言われると、康彦も少しは理解出来た。要するに浮気を恐れているのだろう。しかしある程度の規模の町ならともかく、苫沢では考えにくかった。過去には既婚者同士の不倫騒動もあったが、小さな町で隠し通せるわけもなく、露呈して二人とも町を出て行った。火遊びで済まないのが、過疎地の浮気である。そんなことはみなが知っていることだ。

「考え過ぎなんでねえか」康彦が言った。

「わたしもそう思う。でも、実際に亭主たちが浮かれてるのを見ると、心中穏やかじゃないんじゃゃない」

「でもな、オメ、そったらことを言うなら、助役の佐々木さんが赴任して来たときはどうだった。霞が関の若手エリート官僚がこんな過疎の町に来てくれたって大騒ぎして。おまけに背が高くてイケメンだって。妻子がいるって言うのに、女たちはみんなぽうっとなってただろうが。確かオメまでバレンタインデーにチョコレートあげてたべ」

康彦は思い出した。佐々木が町に来たとき、女たちが急にそわそわし始め、何かと理由をつけては町役場に行き、フロアのいちばん奥のデスクに座る佐々木をちらちらと盗み見ていたのだ。

「あんとき男衆は面白くなかったべ。瀬川君なんか自治会長やってたけど、佐々木は気に食わんって、会合に呼ばなかったべや」

「佐々木さんは、ちょっと町にいないタイプの男の人だったから、それでみんな、一時のぼせたの」

恭子がかすかに赤面して言い訳した。

「じゃあ、早苗ちゃんのことも同じだ」

「うん……、そうかも」

恭子が少しは腑《ふ》に落ちたのか、うんうんとうなずいた。康彦もパズルがひとつ解けたような気になった。苫沢は人の出入りが少な過ぎるので、新参者に過剰に意識が働いてしまうのだろう。早苗は苫沢の生まれだが、新参者として現れたようなものだ。

「折を見て、婦人会に早苗ちゃんを誘ってやれ。きっとよろこぶと思う」

「わかった。もう少ししてからね。今は噂の真っ最中で、みんな心が狭くなってるから」

「どういう噂だ」

「札幌でいろいろあったんじゃないかって、そういう話。男から逃げて来たとか、借金から逃げて来たとか。町の人じゃない男の人が、早苗さんを訪ねて来たのを、見た人がいるんだって。もちろん無責任な噂話だし、悪意が混ざってると思うけど」

「オメたち、もうちっとやさしくなれねえのか。早苗ちゃんは何も悪いことしてねえべ」

「うん。そうね、わかった」

恭子は反省した様子だった。康彦の中で、早苗に対する思いが同情へと変わっていった。元はと言えば、瀬川たちが鼻の下を伸ばすからいけないのである。もっとも、それは自分を棚に上げただけの話なのだが。


理髪用の鋏を入手したので、康彦は早苗の店まで届けることにした。ついでに一杯やるつもりでいた。考えてみれば、早苗の店に行くのはこれが二度目だった。瀬川や谷口が通っていると聞いて、逆に足が遠のいていた。

午後七時過ぎに行くと、まだ誰もいなくて口開けの客だった。店に二人きりかと思ったら、少しどぎまぎした。化粧した早苗は、やはり色っぽかった。

鋏を手渡し、かかった費用を受け取る。プレゼントに櫛《くし》をあげると、「最初の一杯は奢《おご》らせて」とビールの小瓶の栓を抜いた。

「早苗ちゃんも飲んでよ」

「じゃあいただきます」

二人で乾杯した。再び甘い気持ちが湧き起こる。

「苫沢暮らしは慣れたべか。退屈っしょ」

「ううん。そんなことないですよ。みなさんに店に来ていただいて、楽しくやってます」

「何か困ったことはねえべか」

「ううん。とくには」

そのとき店の扉が開いた。四十くらいの男が顔だけのぞかせる。「じゃあ、おれ帰るから」と言い、すぐに扉を閉める。一瞬見ただけだが、色男だった。

早苗は「ちょっとすいません」と康彦に言うと、カウンターから出て、男を追いかけていった。

なるほど、これが「早苗さんを訪ねて来た男の人」か。印象として、親戚とか仕事の関係とか、そういう感じではなかった。普通に考えるなら男女の仲に見えた。康彦は突然のことにうまく頭が回らなかったが、とくにショックはなかった。早苗に男がいても、なんの不思議もない。

早苗は五分ほどで戻って来た。「ごめんなさい」と言って、ビールを注ぎ足す。

「今の誰？」聞かない方が不自然と思い、康彦が聞いた。

「うん、ちょっと知り合い」早苗が目を合わせず答える。それで了解した。

康彦の中で、どこかほっとしたところもあった。これで自分の妄想は雲散霧消することだろう。少しぐらいはわけありの関係かもしれないが、男がいるのなら、妙な気も起きない。

しばらく早苗とさしで飲んでいると、瀬川がやって来た。

「おろ？　やっちゃん、人の目を盗んで何をしてるべ」大きな声で非難めかして言う。

「頼まれてた鋏を届けに来たんだよ」康彦は苦笑して答えた。

「早苗ちゃん、気をつけてよ。やっちゃん、実はむっつりスケベだから。密室では人が変わるって有名さあ。お尻とか触られなかったべか？」

「そんな――」早苗が手を口に当て、ケラケラと笑っている。

そこへ今度は谷口が会社の従業員とやって来た。康彦らを見るなり、「またこのメンツか」と顔をしかめてテーブルに陣取る。いきなり店内が賑やかになった。

康彦は、早苗に男がいるらしいことを瀬川たちには黙っていようと思った。どうせ叶《かな》わぬ恋心なのだ。夢ぐらい見させてあげないと、苫沢の冬はあまりにも退屈である。

スナックさなえは今宵も繁盛していた。

4

康彦が早苗の店に行ってから十日ほど経ったとき、苫沢町に事件が起こった。電気屋の谷口が喧嘩をしたと言うのである。相手は農協に勤務する四十半ばの職員だった。どうやら先に手を出したのが谷口で、相手が転倒して額に痣《あざ》を作るほどの怪我《けが》を負わせてしまったらしい。

最初そのニュースを聞いたとき、康彦は人違いではないかと、にわかには信じられなかった。谷口は、口は悪いが気はやさしく、喧嘩などしたことがない人間だからだ。

「どういうことだ。何があったんだ」

康彦が瀬川に聞くと、彼が自分の知っている情報を教えてくれた。

「消防団の寄り合いで、五人ほどのメンバーで飯を食って、そのあと大黒へ行って飲んで、そこで団員同士が口論になってシュウちゃんが手を出したらしい」

「ちょっと信じられねえ。あのシュウちゃんが人を殴るなんて」

「おれも同感だ。よっぽどのことがあったんでねえのか」

「で、怪我した方はどうだべさ」

「飛鳥の村田《むらた》って男よ。歳が十もちがうから、おれらはあんまり知らねえけど、ごくごく普通の人らしいべ。で、シュウちゃんが謝らねえもんだから、怒りが収まらないらしくて、診断書を取って警察に被害届を出すって、それで揉《も》めてるわけ。警察も困ってな、小さな町だし、なんとか仲直り出来ねえかって、説得してる最中だ」

「シュウちゃんらしくねえな」

「そうよ。治療費は出すが頭は下げねえって、警察の前で言うもんだから、なんかややこしいことになってるわけ」

「原因は何よ。それがわからねえと仲裁も出来ねえだろう」

「そうなんだべ。それを共に言わねえべさ」

「一緒にいたほかの連中はどうなのよ」

「それがみんな知らねえって。おれは知ってて言わねえんじゃねえかって思ってるんだけどね」

「知られたくないってこと？」

「そう。おれが聞いても無駄だから、やっちゃんが聞いてくれ。おだてるわけじゃねえけど、こういうときはやっちゃんだ。オメは口が堅《かて》えし、誰の悪口も言わねえから。副署長も言ってたさ。向田さんにお願い出来ねえかって。な、頼むわ、やっちゃん」

「わかった。聞いてみるわ」

警察にまで頼りにされて、断るわけにはいかなかった。

「どうも早苗ちゃんのことでねえかって、そんな気がしてんだけどね」

瀬川が付け足しで気になることを言った。

「大黒のママがちらっと聞いたんだって、言い合いの中に早苗ちゃんの名前が出たことを」

「ふうん」

康彦は想像した。二人とも早苗に気があり、張り合っているうちに喧嘩になったのではないか。それなら人には言えないし、周囲に口止めしたくなる。

ともあれ、先に手を出した谷口を諭すしかないと思った。まずは会って話を聞くことだ。

理髪店の休業日に谷口の自宅兼会社を訪ねると、谷口は目の縁《ふち》に痣の残った顔で、伝票整理をしていた。その佇まいがなんだかおかしい。

「シュウちゃんも若いねえ。派手にやったんだって」

康彦が笑って水を向けるが、谷口は仏頂面《ぶっちょうづら》のまま視線を寄越すだけで、返事をしなかった。

「喧嘩の原因はなんだべさ。実は仲裁役を頼まれてな。警察も穏便に済ませたいわけよ。秘密にしろって言うなら、ぼくは誰にも言わねえから」

「じゃあ、農協の村田に聞いてくれ。おれの口からは言いたくねえ。やつが言えばいいことだべ」

「いやだ」

谷口がきっぱりと言う。ということは、原因ははっきりしているのだろう。

「こっちは村田君のことはよく知らねえ。意地張ってねえで、話してくれよ」

「同じ消防団でねえか。早く仲直りしねえと、周りも困るべ」

「そんなこと、おれは知らん」

谷口は頑なだった。そして康彦が、「小耳にはさんだんだが、もしかして早苗ちゃんが原因か」と言うと、谷口はさっと顔色を変え、「知らん。何も言わん」と語気を強め、そっぽを向いた。

こうなるとこれ以上つつく方が危険である。仕方がないので、康彦は一旦引き上げることにした。

そしてその足で、被害者の村田ではなく、その場にいたという別の若い消防団員を訪ねることにした。工務店の跡取り息子で、理髪店の客だから子供の頃から知っている。事情を説明し、事件にするわけにはいかないので、和解の手助けをしてくれないかと頼んだ。

若い団員は当初、どちらの恨《うら》みも買いたくないという態度で言葉を濁していたが、康彦が頭を下げると、最後には折れて、喧嘩の原因を話し始めた。

「あの夜、ミーティングを終えてから最初はさなえに行ったんですよ。そしたら満員で入れないから、仕方なく大黒に変更して、飲み始めたんですが、そこで早苗ママの話になって、村田さんは、早苗ママは中学高校時代の一級下で、昔から男の気を引くのがうまかったって、そういうことを言い始めて……。早苗ママの初めての男は、おれの同級生のサッカー部員だったとか、そんな話をするもんだから、副団長がだんだん不機嫌になって……」

副団長とは谷口のことである。

「でもって、しまいには早苗ママは札幌にいたときは、すすきののソープ嬢だった、知り合いで客として行ったやつがいるとか、そんなこと言い出すから、ぼくら若手は無責任に盛り上がって、だったらおれたちもお世話になるべ、とか、でも四十過ぎのオバサンには勃《た》たねえんでねえか、とか、そったらこと言ってたら、副団長が見る見る顔を赤くして、『やい村田、いい加減なこと言ってるとただじゃおかねえ』って大声で怒鳴って、村田さんは最初きょとんとしてたけど、副団長が頭を一発はたいたら、『何をする』って立ち上がって、あとは取っ組み合いの喧嘩になって……」

康彦は事情を知り、深々とため息をついた。そういうことなら谷口が怒り出すのは当然である。そして自分も腹が立ってきた。もし自分がその場にいたら、谷口と同じことをしていたかもしれない。瀬川だったら間違いなくパンチが飛んでいたことだろう。

谷口が喧嘩の理由を言わないことも理解出来た。口にするのも汚《けが》らわしく、噂が大きくなることを恐れたのだ。

「オメら、喧嘩のことより、そういうことを言って早苗ママに申し訳ねえとは思わねえべか。根拠のねえ話なんだろう？」

康彦が義憤にかられ説教した。こんな馬鹿げた噂は、康彦自身も信じたくはない。確かめる気はないし、早苗の耳に入れる気もない。

「すいません。反省してます」若い団員は小さくなっていた。

喧嘩の原因がわかったので、康彦は副署長に会いに行った。小さな町の警察は、全員が顔見知りである。早苗の名前は出さずに、谷口が友人を侮辱されて、それで怒り出したということにした。もちろん、だからといって怪我を負わせたことが免ぜられるわけもなく、その点について谷口は深く反省していて、少し時間を置いてから村田に謝罪するつもりであると、勝手に話を作って報告した。

「じゃあ謝罪の件、くれぐれもよろしく頼んます。うちは厳重注意ということで済ませておくから」

副署長もほっとした様子だった。

康彦は時間に任せることにした。これまでも町民同士のいがみ合いは幾度となくあった。その都度、時間が解決してくれた。互いに頭が冷えて、矛《ほこ》を収めるのだ。半分は諦めのようなところもある。顔を合わせないでは生きられないから、適当なところで手を打つしかない。殴られた村田も、本気で被害届を出すわけはなく、しばらくしたら許すだろう。

副署長には隠したが、瀬川には本当のことを教えた。谷口の名誉のためでもあった。早苗ママの取り合いで喧嘩になったと思われては可哀想だし、それどころか谷口の行為は男気から発したものである。

「それは村田が悪いべ。許せんな、そういう噂を面白がって言いふらす野郎は」瀬川も真っ先に噂に対して腹を立てた。「やっちゃん、まさかこのこと、早苗ちゃんには確かめてねえべな」

「そんなこと誰がするもんか。うそに決まってるし、おれは一生胸にしまうべ」

「ああ、それがいい。おれもしまう」

理髪店のソファでお茶を飲みながら、二人でうなずき合った。

「でも、シュウちゃんの恋煩《わずら》いは本格的だべ。そろそろ冷ましてやらねえと、危ねえことになるべ」

瀬川が肩を揺すって笑い、言った。

「それは瀬川君も同じ穴のムジナなんでねえのか」

「おれか？ おれはちがうべ。せっかく苫沢に帰って来たんだから、少しは応援してやろうと思って、それで通ってるだけだべさ」

瀬川がむきになって否定する。ただ、康彦が笑っていると、鼻の下を人差し指で擦《こす》りながら、「まあ、多少は岡惚《おかぼ》れしてるところもあっけどな」と、一部認めるようなことも言った。

「束《つか》の間《ま》の娯楽よ。過疎の町で、同じメンツでずっとやってっから、いろんなことを忘れちまう。女に惚れるなんてこともそれだべ。忘れかけていた感情を、早苗ちゃんが来て思い出させてくれた、みんな一緒よ。シュウちゃんも、桜井君も、もちろん、こっちはいい歳だし、今さらカカアと別れて若い女に走るなんて出来るわけがねえ。そもそも自分がそんなふうにしてモテるはずもねえ。そういうの、全部承知の上で、何年かに一回、外から刺激が入って来て、みんな浮足立って、ぽうっとなって、しばらくしあわせな時間を過ごして、また何もねえ日常に戻っていく。そういうことなんでねえの」

瀬川が遠くを見つめる目で訥々《とつとつ》と話す。康彦はこの幼馴染が案外冷静なので安心した。これが年の功というやつなのだろう。

そして瀬川の言い分にも納得した。

「瀬川君には言うけど、早苗ちゃん、男がいるみてえだべさ」康彦が言った。

「そうなんか」

「ああ、この前見た。四十くらいのやさ男で、何やってるか知らねえけど、いい男だったべさ」

「ふうん。そうだろうな。あれだけの女っぷりで、男がいねえわけはねえか」

瀬川がしばし黙り込んだ。吐息を漏らしている。そして立ち上がり、「やっぱり、わけありの女ってことだべ」と言った。

「やっちゃん、このこと、シュウちゃんと桜井君にはもうしばらく黙っておいた方がいいべな」

瀬川がジャンパーを着込み、帽子を被り、帰り支度をした。

「どういうことよ」

「もう少し恋煩いさせてやれ。次がいつかもわからねえから」

「そんなこと言って、瀬川君、二人を観察して楽しむ腹なのとちがうべか」

「はは。それも悪くないけどな」

瀬川が淋しそうな笑い声を発し、帰っていった。結露《けつろ》で曇ったガラス越しに見送る。

康彦は湯呑を片付け、母屋で休憩することにした。予約が大半で、飛び込みの客はほとんどない。だから今日はもう誰も来ないだろう。

燃料節約のため、暖房も切った。店の中がいっそう静かになった。

赤い雪

1

冬の苫沢町に映画のロケ隊がやって来ることになった。町役場の地域振興課が主体となって、テレビドラマや映画のロケ地誘致活動を長年にわたって続けたところ、とうとう苫沢町が映画の舞台になることが決定したのである。大手の映画会社ではなく、監督の名前も知らなかったが、主演女優が大原涼子《おおはらりようこ》とわかり、町中が色めき立った。大原涼子と言えば、NHK大河ドラマの主演を務めたこともある大物俳優である。歳は三十代後半で、今が女盛り。芸能界にはすっかり疎《うと》くなった向田康彦も、大原涼子だけは知っていたし、ファンだった。とくにビールを冷やして夫を待つテレビCMは、いつも鼻の下を伸ばして見ていた。その女優を含むロケ隊が、過疎の町に来るのだ。

地域振興課長の藤原《ふじわら》は誘致成功に鼻高々で、町民をつかまえては自慢話をしていた。この日も散髪に来て、康彦相手に今回の誘致がいかに大変だったかを問わず語りに語るのだった。

「やっちゃん、聞いてよ。映画監督は、実に些細《ささい》なことにこだわるわけさ。駅舎が新し過ぎて気に入らねえから、古い駅はねえのかって。そんなのあるわけねえべ。仕方ねえから、旧炭鉱の貨物線の操車場に連れてったら、ここなら使えるって、急に機嫌がよくなって——。万事がそうよ。山を背景に映すのに電線が邪魔だとか、坂の上の小屋が邪魔だから撤去できないかとか、まあ好き勝手なことばかり言ってな。それに付き合わされるこっちはええ迷惑だべ。おまけに宿の確保から、弁当の供給先から、そういう手筈《てはず》を全部ぼくが整えて、それでやっとのことでロケが決まったわけさ」

「そりゃあ、ご苦労だったね」

藤原が話を大袈裟に言うのは昔からだが、康彦は調子を合わせておいた。功労者であることは事実である。

「それで、向こうはロケ地に合わせてシナリオも書き直しよ。ロケハンして、コンテを描いて、そういうのも付き合わされてな。でもって方言指導はぼくの役目なわけ。毎晩残業で往生したさ」

「何よ。藤原君、ほとんどスタッフじゃないの」

「そうなのよ。企画書には協力プロデューサーとして、ぼくの名前が載ってるわけさ。こっちはただで使われてるけど」藤原は文句を言うものの、満更《まんざら》でもなさそうだった。「しかし、映画の経済効果は大きいべ。総勢六十人のスタッフが二週間、宿を借りて滞在してくれるわけだから、もう旅館組合の組合長が涙流してよろこんでさ。それに連中は毎晩酒を飲むだろうから、そっちの方も期待出来るべ。大黒やさなえだけに儲けさせるのは癪《しゃく》だからって、バス停前の喫茶店の奥さんが、ロケの間だけ夜に酒を出すけど、保健所の許可を取ってねえから、みんな見逃してくれって——。そんな都合のいいこと言われてもねえ。あはは」

「景気のいい話なんて久し振りだから、みんなあやかりたいんだべ。こっちは理髪店だから、なんも関係ねえけどね。ところで、映画って、どんな映画なの？　サスペンスらしいとは聞いてるけど」

康彦が聞くと、藤原は一瞬返事に詰まった。

「うん、まあ、サスペンスって言えばサスペンスかな。まあ、ひとことでは言えんストーリーよ」

どこか言葉を濁す口ぶりである。

「脚本は見たんでねえのか」

「うん、まあ、そりゃあ見たけどな。正直よくわからんかった。芸術家の考えることだからね」

「タイトルは?」

「ええと、『赤い雪』っていうらしいけど。それより大原涼子だって。大原涼子が出るなら、まず話題になることは間違いねえっしょ。苫沢だって、町の名前がそのまま出るそうだから、ロケ地の苫沢も一躍全国区よ」

「ああ、そだね」

結局、藤原は映画の内容について、はっきりしたことを言わなかった。サスペンスということは、何か事件が起きるのだろうか。地元の人間としては、誰もが涙する感動作だとうれしいのだが、贅沢も言っていられない。映画の舞台になるだけで、過疎地にとっては画期的なことなのだ。

藤原が帰ると、入れ替わりにガソリンスタンドの瀬川が灯油の補給にやって来た。いつものように店に寄り、自分で勝手にお茶をいれ、休憩していく。

「さっきまで地域振興課の藤原君が来てたさ」

康彦が言うと、瀬川はお茶を一口飲み、「どうせ自慢話っしょ」と鼻で笑った。

「課長になって初の大仕事だから、張り切ってるんでねえの」

「どうかねえ。藤原は昔から優柔不断で、押し切られるタイプだからねえ。だいたい、映画のロケ地になるのはええけど、ストーリーが連続殺人事件だっていうから穏やかでねえべ。却ってイメージが悪くなるんでないかい」

「そうなの？　連続殺人？」

康彦は思わず眉をひそめた。だから藤原は言いたがらなかったのか。

「おまけに男女の濡《ぬ》れ場もあるそうだから、少なくとも家族で観られる映画じゃねえべ」

「ふうん。大原涼子が主演というから、こっちはロマンチックな映画じゃねえかと、勝手に思い込んでたけど」

「みんなそうよ。町長も最初はよろこんでたけど、企画書を読んだらストーリーに難色を示したんだってさ。でも助役の佐々木さんが、いや、これは面白い、たとえ猟奇《りようき》殺人の話だとしても、いい作品なら誘致すべきだって。東大出のエリート官僚に言われれば、町長も黙るさ。でもって藤原が勢いづいて、じゃあ自分が取りまとめるって。それで決まったわけよ。藤原は宿の割り振りから、弁当の手配から、いろいろ取り仕切ることになって、商工組合がおだてるもんだから、もう威張って、威張って」

「景気がよくなるのはいいことだ。理髪店は関係ねえけど」

「うちだってねえべ。ロケバスがガソリン一回入れてくれるくらいっしょ。まあ、しばらく賑やかになるのは歓迎すっけどね。大原涼子が来るんだもん。冬に桜が咲くようなもんだべ」

苫沢はそろそろ雪に埋もれる季節だ。十二月になると平均気温が零度以下になり、降った雪が解けずに積み重なっていく。そうなると町は静まり返り、何もない日々が春まで続く。映画のロケ隊は、ありがたい変化だ。

「ところで、和昌君は元気でやってるかい？」瀬川が聞いた。

「うん。やってるんでないかい。電話もろくにかけてこねえけど」康彦が答える。

息子の和昌は、家を出て、計画通り札幌の理容学校に春から通い始めた。最初は月に一度帰って来たが、お盆以降は一度も帰っていない。向こうに遊び仲間が出来たのだろう。若いから当然のことだ。

「便りがないのは元気な報《しら》せよ」

「ああ、そだな」

相槌を打ち、康彦もお茶を飲んだ。和昌がいなくなって、家の中が静まり返った。今年の冬は、雪かきも夫婦だけでしなくてはならない。

瀬川が帰ると、雪がちらつき始めた。地面が見えるのは、あとわずかの間だ。


土曜日の夕方、町民ホールで映画ロケの説明会があった。町民の協力が必要なのと、エキストラの募集があるので、その告知のための集まりである。康彦も店を早目に閉めて出席した。せっかくの機会なので、自分も映画にかかわりたい。

東京から映画プロデューサーが来ていて、はじめに挨拶をした。

「苫沢町のみなさん、このたびは弊社の映画『赤い雪』のロケ隊を迎えていただき、まことにありがとうございます。低予算の映画ではありますが、新進作家の手による素晴らしい脚本で、主演の大原涼子さんは出演料を度外視して引き受けてくれました。彼女は大変張り切っておられます。どうか苫沢町のみなさんのお力添えで、この映画を成功させたいと願っています」

そう言って、深々と頭を下げる。いかにも映画業界人といった印象の、長髪に薄いサングラス、服も黒ずくめの中年男だった。

いきなり低予算と聞かされ、町民は少し拍子抜けした様子だったが、苫沢町が大作の舞台になるわけもなく、康彦はこれが現実だろうと納得した。

「なお、いくつかのシーンでは、町民のみなさんにはエキストラとして登場していただきたいと思っています。シーンごとに必要な人員が決まっていて、募集は役場の地域振興課が窓口となっています。中には台詞《せりふ》付きのエキストラ募集もありまして、そちらは簡単なオーディションを受けていただきます。どうぞよろしくお願いします」

台詞付きと聞いて軽いどよめきが起きた。客席のあちこちから、「わたし、出る」「おれも、おれも」という声が聞こえる。

続いて藤原がマイクを取った。

「地域振興課の藤原です。プロデューサーは東京での仕事があるので、この先はロケ開始まで、わたしが窓口業務を担当します。苫沢町にとっては初めての映画ロケです。それも冬季におけるロケということで、旅館及び飲食関係には普段のオフシーズンにない経済効果が得られると期待されます。思えば、映画ドラマのロケ誘致を始めたのは、十余年前のこと。当初、映像業界とはなんの縁もなく、パンフレットを作っては東京に出張し、映画会社等を回ってまいりました。その頃のわたしは、まるでセールスマンのようでした」

「おい、課長さんよ。演説でも始める気か」瀬川が野次を飛ばした。会場からどっと笑いが起きる。「オメが頑張ったのはわかったから、おれらに出来ることを教えてくれ」

藤原は苦笑いすると、日程表をプロジェクターで映し、説明を始めた。

「撮影は主に野田池の町営住宅近辺で行われます。期間中は周辺で交通規制がありますが、助監督が指示するので従ってください。ただし一日だけカーチェイスがあって、それは信号を止めることもあって、警察が規制します」

「おう、カーチェイスだってよ」

若い連中が色めき立った。

「あのう、カーチェイスって言っても、アクション映画じゃないので過剰な期待はしないでください」

プロデューサーがすかさず口をはさむ。

「撮影期間中は、公民館が機材置き場になります。シニアサークルの集まりはその間ご遠慮ください。町民の手を必要とするものについては、雪のかまくらを十個ほど並べて、子供たちが遊ぶシーンがあります。そのかまくら作りには、青年団と中学生に協力していただきます。それから、ロケ地の雪かきは、状況次第ですが、消防団にお願いしようかと思ってます」

藤原の説明は続いた。やはり映画ともなれば、低予算でも本格的だった。交差点に駐在所のセットを建てたりもするようなのだ。それと崖から車を落とすシーンもあるらしい。こうなると誰だって生で見てみたい。

「それでは肝心のエキストラ募集要項を説明します。プリントを配りますから、前席から順に回してください。読み上げます。図書館のシーンで三十人、居酒屋のシーンで二十人、バス停のシーンで五人……」

エキストラの出番はかなりあった。都会の撮影とちがい、人里離れた苫沢では現地調達しかないのだろう。ちなみにエキストラのギャラは無料とのこと。町の経済効果を思えば、それに文句を言う町民はいなかった。

台詞付きのエキストラは数人必要で、康彦が応募出来そうな役もあった。金物屋の亭主役などは、誰か役者と絡むわけで、記念にやってみたい気がした。町民たちはみな乗り気の様子だった。何を思ったか、母の富子まで、死体を見つけて腰を抜かす老婆役のオーディションを受けると言い出した。

そして、説明会に来た町の若い衆と話してみると、主演男優も割と有名らしかった。

「伊藤《いとう》ソウルって今売出し中の若手俳優だべ。ほら、最近歌手のポシェットMと結婚した」

「何人《なにじん》だ、そいつらは」

康彦にはチンプンカンプンである。ただ、札幌から赴任中の二十代の中学教師が、「キャストを見ると、結構期待出来ますけどね」と言うので、ほうと思った。

「サブカル系の俳優が揃ってます。だからこの中に、メジャーな大原涼子が入ってることが意外なんですよ。きっと話題にはなるでしょう」

「ふうん。そういうもんだべか」

よくわからないが、若い人たちの興味を引くのなら、いいキャスティングなのだろう。五十代の康彦たちは、世の中の流行にはとっくに置いて行かれている。知りたいとも思わない。

「おじさん、和昌君が映画のオーディションを受けるって言ってたよ。次の週末には帰って来るって」

瀬川の息子、陽一郎が声をかけてきた。

「そうなの？　親にはちっとも電話寄越さないから」

「ＬＩＮＥでいつも連絡取り合ってるさ。映画には興味津々《しんしん》。十二月は学校も暇だから、ロケには駆けつけるって、そう言ってた。それから、山口《やまぐち》君も、ユミちゃんも、札幌に出てった連中は帰って来るって」

「ふうん。賑やかになっていいことだ」

なるほどこれが映画ロケ誘致の効果なのかと、康彦は得心した。束の間だとしても町が盛り上がる。何もない冬に、人が集まるのだ。

「大原涼子と絡む役はねえのか」

瀬川が図々しいことを言い、満場の笑いを誘った。この瞬間だけでも、貴重な町の娯楽だ。

2

週が明けると、町の受け入れ準備が始まった。ロケの日程は地区ごとに回覧板で配布され、その日はどこで撮影が予定されているか、全町民がわかるようになっていた。「出来るだけ迂回《うかい》してください」と書いてあったので、見学にいらっしゃいではなく、邪魔になるから近寄るなという意味らしいが、それなら逆効果だろう。町民が見物に行かないわけがない。

その間、本格的な降雪があり、例年通り苫沢町は一面の銀世界となった。雪景色がロケ誘致の絶対条件だったので、藤原はほっと胸をなでおろしていた。

その藤原は、宿と弁当の振り分けで問題を抱えているようだった。旅館組合の組合長が、康彦の店に来て憤慨《ふんがい》していた。

「おれとしてはね、俳優陣が全員ホテル苫沢に宿泊するのは仕方がないとしても、撮影クルーは宝来《ほうらい》旅館と松濤館《しょうとうかん》に分けてもらわねえとね。こっちは顔が立たないのさ」

どうやら映画会社側は、出来るだけスタッフは一カ所に集めたいらしい。移動や連絡を考えれば当然のことである。

「今さら、場所が離れてるからって、なしてそういう勝手を言うかね。そんなの最初からわかってたことだし、誘致の条件は宿泊先をこちらに任せてもらうことだべ。それでまとめて便宜《べんぎ》を図らせてもらうってことでしょう。こっちだって予算に合わせてずいぶん勉強してるさ」

「それで、どうするわけ？」

「藤原課長に説得してもらうべや。こっちの言うこと聞いてくれって。それから、ロケ弁当も面倒なことになってな。最初は宿泊先が持ち回りで用意することになってたのが、飲食店組合が、半分はこっちにもやらせてくれって。それを藤原課長は了承しちゃったわけよ。向田さん、どう思う？」

「飲食店にしてみれば、うちにもやらせてって、気持ちはわからねえでもねえけど……」

「しかし今になって変えるか？　そもそもロケ隊だって、撮影終了時間が読めないから、夕食はいらないって旅館側に言ってるべさ。だから飲食店はそのぶん、客が見込めるってことだべ。じゃあ、そういう棲み分けでええんでねえか。なんで昼の弁当まで持って行こうとする」

康彦は返答に困り、黙って半笑いした。

「おれは藤原課長の仕切りに問題ありと見たね。あっちで言うことと、こっちで言うことがちがうんだもん。そりゃあ、混乱するべさ」

「まあ、みんなが平等にって考えると、いろいろ難しいっしょ」

「あら？　向田さん、庇うか」

「そういうわけじゃねえけど、藤原君も慣れねえ仕事で大変なんでないかい？」

「そんなことないっしょ。あの課長、おれは協力プロデューサーなんだから、従ってもらわねえと困るって、威張ってる」

組合長が胸を反《そ》らせたジェスチャーをして言う。こうなると、藤原が気の毒にも思えた。彼は仕事が増えるだけで、ボーナスが出るわけでもない。

「とにかく気に入らねえ。宿の振り分けは組合がやるし、飲食店には絶対に弁当を納入させねえ」

「あ、そう……」

「要するに、今の藤原課長は権力者なわけだな。官吏らしいって言えば官吏らしいが。ふん」

組合長は忌々《いまいま》しそうに鼻を鳴らし、帰っていった。

奥で話を聞いていた妻の恭子が店に出て来て、茶碗を片付けながら、「喧嘩にならなきゃいいけど」と心配顔でつぶやいた。

恭子によると、タクシーのチャーターも割り当てで揉めているらしい。降って湧いた需要に、みながあやかろうとしているのだ。

次の土曜日、今度はエキストラのオーディションがあった。町民ホールの会議室で行われ、映画会社からはチーフ助監督が審査にあたった。

康彦が金物屋の亭主役でエントリーしたら、瀬川と谷口も申し込んでいて、会場で鉢合わせした。

「オメたち、ほかの役にしてよ。おれが出来るのはこれくらいだから」

瀬川がそう言って懇願する。

「そんなもの、お互い様だべ。そっちこそ遠慮してよ」

「うん、そうだ。正々堂々、勝負するべ」

三人とも譲らず、順にオーディションを受けることになった。

会場は上座に長机があり、プロデューサー、チーフ助監督と並んで、藤原もスタッフ側の席についていた。

「なんで藤原がいる。やりにくいな」と瀬川が顔をしかめる。康彦も同感だった。

与えられた台詞は、《いらっしゃい》《ありがとうございます》など、簡単なものだけである。三人とも客商売なので、普段通りにやった。チーフ助監督は、候補者を黙って観察し、ノートに何か書きつけている。きっと演技の上手下手ではなく、キャラクターで選ぶのだろう。端役《はやく》だから目立っては困る。

すぐに決まると言うので、ロビーで談笑しながら待っていたら、掲示板にオーディション結果が張られ、金物店の店主役は農協の職員が選ばれた。

「なんだよ、張り切って損した。出来レースとちがうのか」

瀬川が口をとがらせている。ほかの役も見ると、死体を見つけて腰を抜かす老婆役は、母の富子が選ばれていた。どうやらエントリーしたのが母だけだったらしい。

「きゃーっ、どうしよう。何着て出るべか」

母が娘のように興奮している。

「おばさんよ。よそ行きの服なんか着て出たらいかんでしょ」と瀬川。

「そったらこと言っても、映画に出たら日本中の人に見られるべさ」

「だめだって。通りすがりのお婆さん役なんだから」

康彦も言い聞かせたが、放っておいたら、美容院に行って髪をセットし、化粧をして臨みそうである。今から心配になってきた。

それ以外には、農家の中国人妻の香蘭や、スナックさなえのママなどが台詞付きのエキストラに選ばれていた。こうなると楽しみが増えた。知人がスクリーンに映るのだ。

藤原が得意気な表情でロビーに現れた。

「ああ、疲れた。ぼくまで選考に意見を求められたから神経遣ったさ」

「なんだよ。だったらおれらはオメが落としたべか」谷口が絡む。

「ちがう、ちがう。あんたらの役は助監督さんが決めたって」

「そうか？　オメ、最近は権力を笠に着てるって評判だべ」

瀬川がからかうと、藤原が見る見る気色《けしき》ばんだ。

「何を言う。みんな勝手なことばかり言って。どうせ旅館組合の組合長あたりがあちこちでぼくの悪口言いふらしてるんだべ。こっちの身にもなってくれ。映画は予算が決まってるんだよ。その中で、どうやったら町のみんなに平等に行き渡るか、ぼくは毎日そのことで町中を駆けずり回ってる。それを、あの組合長、ぼくがホテル苫沢の支配人から袖の下もらってるんじゃねえかって、そったらことまで言いふらしてるそうじゃねえか」

口角泡《こうかくあわ》を飛ばして言い返す。

「いや、それは聞いてねって」

思ってもいない噂に、康彦が慌てて否定した。

「大黒のママには言ってるべ。これは名誉毀損《めいよきそん》だぞ」

「きっと酒の席の軽口っしょ。本気じゃねって」

「軽口で済むか。こっちは町のためを思って必死にやってるのに、みんなで勝手なことを言って。そったらことなら誰か住民代表がやってくれ」

「そんな、怒らないでよ。みんな同じ中学の先輩後輩でねえか」

なんとかなだめようとしたが、藤原の怒りは収まらず、目を吊り上げたまま奥へと引っ込んでいった。

「オメたち、藤原君をからかうなって。ナーバスになってんだから」

康彦が瀬川と谷口を諫める。

「そうかあ？　さっきのオーディションにしたって、ずいぶん上から目線だったべ」

「そうそう。では三番の方どうぞって。全員、名前知ってるんだから名前で呼べって言うの。これだから官吏は嫌いだ」

二人の藤原批判は続く。そこへ今度は和昌が現れた。息子も札幌から帰って来て、オーディションを受けていたのだ。

「お前はどうなった」康彦が聞くと、和昌は首を振り、「だめだった。でも、頼み込んで裏方で使ってもらうことになった」と目尻を下げて言った。

聞くと、無給でいいからヘアメイクのアシスタントをさせてくれと助監督に頼み込んだら、オーケーをもらえたらしい。

「学校はどうすんだ」

「現場実習の授業があるから、その代わりに充《あ》ててもらう。あらかじめ学校に話して許可もらってる」

「ふうん。だったらいいけど」

康彦は息子の積極性に驚いた。ちゃんと成長しているようである。

映画ロケを誘致して、苫沢町は明らかに活気づいていた。例年なら、雪が積もると人通りは絶え、何もない毎日が春まで続くのだ。今日にしても、町民が集まり、井戸端会議に花を咲かせている。

康彦は娯楽の力をあらためて痛感した。過疎地に必要なのは娯楽なのである。

一度スケジュールが決まると、ロケ隊の動きは迅速だった。週が明けるとすぐに先乗りの美術班が町にやって来て、交差点の角に駐在所のセットを作るのだが、その手際が見事で、子供たちが毎日見物していた。

かまくら作りは、廃校になった中学の運動場で行われ、これも子供たちが大活躍した。小学校は撮影見学を申し込んでいて、藤原がプロデューサーに交渉中とのことだった。

すると、それを知ったシニアサークルやら農協やら各種団体が、邪魔しないから自分たちも見学させろと言い出し、板挟みになった藤原は、役場に電話をかけても、町民からの取次ぎを拒否するという一幕もあった。康彦は藤原に同情した。これは明らかな住民エゴである。

そして十二月の第一週、ロケ本隊がいよいよ苫沢にやって来た。機材を満載したトラックが三台と、ロケバスが二台、そして俳優たちが乗るミニバンが二台、列をなして雪煙を舞い上げながら国道を走って来る光景は、それだけで映画のワンシーンのようで、感動せずにはいられなかった。康彦は、まだ炭鉱業が盛んだった子供の頃、サーカス団がやって来たときのことを思い出した。あれと同じだ。今回のロケ隊は、久しく忘れていた慰問の一座なのだ。

町役場庁舎の壁には、いつの間に作ったのか《歓迎　映画「赤い雪」御一行様》の垂れ幕が下がっていた。多くの町民が役場前に集まり拍手で出迎えた。康彦も瀬川も谷口も店を閉めて駆けつけた。大原涼子を一目見たかったのだ。

ミニバンから降りてきた大原涼子は、後光が射すほどの美人であった。顔が小さくて、眩しいくらいに歯が白い。町民からどよめきが起き、全員の目が吸い寄せられた。同じ人間とは思えない。

俳優たちは出迎えの町民に向かってそれぞれ頭を下げた。大原涼子が町民に向き直り、代表して簡単な挨拶をする。

「苫沢町のみなさん、二週間よろしくお願いします」

それだけで康彦たちはメロメロになった。

町長が歩み出て握手をする。普段はとくに尊敬もされない町長だが、この日は初めて羨ましく思った。監督と俳優に女子職員から花束が手渡される。札幌から新聞社が取材に来ていて、カメラのフラッシュが光った。若い男優が手を振ると、役場の女子職員たちがきゃあきゃあと歓声を上げた。苫沢がこんなに華やかな雰囲気に包まれたのは、廃坑してから初めてのことだろう。

一行は表敬訪問の役目を果たすと、それぞれの宿へと散っていった。みなが夢心地でいる中、藤原が集まった町民の前に立ち、一席ぶった。

「いよいよ明日、クランクインです。みなさん、ご協力のほどよろしくお願いします。町の歴史に残ることだから、くれぐれも邪魔にならないように。いちいち集まると、交通整理も大変だからね」

「えらそうに。クランクインだってよ。藤原のやつ、すっかり業界人気取りだべ」

瀬川が鼻で笑ってつぶやく。

藤原は康彦たちを見つけると、得意気な顔で近づき、「町長室で大原涼子と記念写真撮ったけど、オメたち見っか？」と言って、スマホをひらひらと振ってほくそえんだ。

「課長さんよ、それは職権濫用《らんよう》とちがうのか」瀬川が突っかかる。

「妬《や》くな、妬くな。役得だ」

この前のことを根に持っているのか、藤原は挑発するようなことを言った。

「町民と触れ合う機会はねえべか。簡単な歓迎会くらいならすぐに出来るだろうに」

「ああ、それは無理。あらかじめプロデューサーから釘を刺されたさ。俳優陣はロケ期間中、役作りに神経を集中させたいので誰ともお会いしません、サインも遠慮してくださいって」

「そういうオメは記念撮影か」

「いいべさ、それくらい。ぼくは協力プロデューサーなんだから」

藤原は開き直ったのか、あははと高笑いし、奥へと去って行った。

「なんだ、あの野郎。調子に乗って」谷口も憤慨している。

「まあまあ。両方からいろいろ注文つけられて、藤原君もストレスが溜まってるのさ」康彦がなだめた。

「ロケが無事終わったら、あいつ、絶対に自分の手柄にするべな」

「そうだ、そうだ。これを機に助役の椅子を狙《ねら》ってるって話だ」

「そったらこと言わないの」

藤原はすっかり悪役である。

3

ロケが始まると、町中が四六時中そわそわしている感じだった。誰かと会えば映画の話で、「今日は飛鳥の廃屋でロケをしてた」とか、「ゆうべ、監督と伊藤ソウルがさなえで飲んでたらしい」とか、そんな情報が毎日行き交った。

大原涼子は、撮影以外はほとんどホテルから出ない様子だった。町を歩けば人だかりが出来、一斉にスマホのレンズを向けられるのだから、当然と言えば当然だろうが。

ただ、ロケのクルーは大半が若者たちなので、夜になると居酒屋やスナックに繰り出し、町が祭りのように賑わった。大黒など、普段は週に三日しか営業しないのに、この二週間は無休で店を開けるとのことだ。

「みんな若いからたくさん飲むでしょ。ボトルなんかあっという間に空いちゃうもん」

還暦過ぎのママが、歯茎を目一杯出し、相好を崩していた。

年寄りたちは、かつて炭鉱業が盛んだった頃の苫沢を思い出した様子だった。母などは、「神田町《かんだまち》の映画館、日曜日になるとポップコーンの売り子が札幌から来て、それが珍しくて映画を観に行った」と、突然脈絡もなく昔話を始め、康彦をぎょっとさせた。そんな記憶を掘り起こした年寄りがたくさんいるのか、シニアサークルは福祉会館に連日集い、昔話を語り合うのだった。

その母のエキストラ出演には、康彦が同行した。降雪の中でのシーンで、雪が降り始めた日の朝、「今日撮ります」といきなり連絡があり、あたふたと出かけて行った。助監督から普段着で来て欲しいと言われていたので、一張羅《いっちょうら》を着て行くと駄々をこねる母を説き伏せ、地味な防寒服を着せて、車に乗せて撮影現場へと出向いた。

場所は農家が点在する集落の田んぼ道で、大原涼子が見られるかなと期待していたが、俳優は死体役しかおらず、ほかは監督とクルーだけだった。

雪が降りしきる中、老婆が田んぼ道を向こうから歩いてくる。道端に血まみれの死体を発見する。声にならない声を発し、その場で腰を抜かす。「誰か、誰か」と叫びながら、来た道を這《は》って引き返す――。そんなシーンであると説明を受けた。

カメラはクレーンに設置され、空から俯瞰《ふかん》で撮ることになっている。雪道に付けられる足跡は一度きりなので、撮り直しなしの一発勝負とのこと。

「大丈夫なんですか？　うちの母はど素人ですよ」

心配になって監督に聞くと、「平気、平気。アップはありませんから」と呑気な答えが返ってきた。

念のため、別の場所で腰を抜かすリハーサルだけはしたが、母は緊張していてうまく尻《しり》餅《もち》がつけなかった。なかなか本番に進めない。康彦は責任を感じ、「もっと自然に」と付きっきりでアドバイスをした。

「お母さん、演技しなくていいですよ。たかだか五秒ほどのシーンだから。上手《うま》く行かなきゃカットするし。こんなこと言ったら失礼だけど、重要な役ならプロの役者を使います」

監督が軽い調子で言う。母はそれで気が楽になったのか、余分な力が抜け、自然に尻餅がつけるようになった。

いよいよ本番である。康彦はクルーに交ざってモニターをのぞき込み、固唾《かたず》を呑《の》んで見守った。

「はい、スタート！」監督の号令がかかる。

母が向こうから歩いてくる。雪が降りしきる中、新雪に母の足跡がひとつひとつ印されていく。真上から撮っているため、傘で母の姿は隠れている。モニターで見ると実に絵になっていた。なるほどこれが映画なのかと、康彦は鳥肌が立った。

少し歩いたところで、死体を発見する。傘が雪の上に落ちる。ここで初めて母の姿が映った。尻餅をついた母が、もがきながら戻って行く――。

「カーット！」監督の声が響く。「オーケーです。よく出来ました」クルーたちが表情をゆるめ、「お疲れ様でした」と母を労《ねぎら》った。

康彦は大いに感動した。母も同様らしく、「もういつお迎えが来てもいいべさ」と顔を紅潮させ、周囲を笑わせていた。雪が降っているのに、少しも寒さを感じなかった。

一方で和昌も、初めてのぞく映画の世界に心を動かされた様子だった。

「やっぱ凄《すげ》えよ。プロのヘアメイクは。手際がちがうもの」

朝から晩までアシスタントとしてついて回り、刺激を受けていた。「おれ、いっぺん東京へ行きたくなった」と、穏やかならぬことも言う。妻は焦っていたが、康彦はそれならそれでいいと思った。苫沢で理髪店を継ぐことの方が、将来性はないのだ。

町民がいちばん目当てにしていた大原涼子は、その後ほとんど姿を見せなかった。居酒屋での撮影のとき、店の前に野次馬が集まったことがあったが、ミニバンで乗り付けた大原涼子は、車から降りると町民には目もくれず店の中に入り、出番が終わると、同じようにミニバンに戻り、逃げるように去って行った。

「笑顔は最初だけか。少しぐらいサインをするとか、記念撮影に応じるとか、そういうサービスをしてもいいんでねえの」

「そうそう、せっかく来たんだから、町民と触れ合うべきだべさ」

瀬川と谷口は何度も不満を口にしていた。そして商工組合を焚きつけて、ロケの期間中、大原涼子の歓迎会を開くと言い出した。

「こっちで勝手にやる。十分だけ顔見せてくれればいいから」

役場まで行って、藤原に言伝《ことづて》を頼んだところ、藤原は青筋を立てて怒り出したらしい。その場にいた女子職員によると、以下のようなやり取りがあったとのこと。

「なしてそんな勝手な真似をするのよ。迷惑に決まってるべ。俳優の身にもなってよ。演技に集中したいときに、町民が邪魔をしてどうするのよ」

「だから十分かそこら顔を見せてくれれば、みんながよろこぶって、それだけのことだべ」

「いやだ。ぼくは絶対にそんな頼み事は出来ん」

「オメ、町民とロケ隊の調整役とちがうのか。仕事しねえでどうする」

「そんなもん、どこが仕事か」

険悪な雰囲気になり、周りがなんとかなだめたという。

康彦は、これについては瀬川たちに非があると思った。俳優とはデリケートな仕事なのだ。出番のときだけ演技をすればいいというものではない。役作りをしている最中は誰とも会わないとか、酒も飲まないとか、それぞれにルールがあって、他人は干渉出来ないのだ。

そんなこんなで、ロケの二週間はあっという間に過ぎた。カーチェイスも、車が崖から転落するシーンも、町民の知らないところで行われ、誰も見た者はいなかった。

最後にまた俳優陣の挨拶があるのかなと思っていたら、そういうことはなく、出番が終わった俳優から順に東京に帰っていったと、あとになって聞かされた。大原涼子は三日前に苫沢を離れたらしい。

一緒に記念撮影するとか、色紙にサインをもらうとか、甘い期待をしていた康彦たちはすっかり裏切られた形となったが、それでも運のいい人はいて、さなえのママが店に来た大原涼子とツーショットで写真に収まったとか、雪かきを手伝った中学生が主演男優からマフラーをもらったとか、そんな話も伝わってきた。和昌などは、監督からサイン入りの脚本をもらっていて、一生の記念になると大興奮していた。

ロケ隊が帰ると、苫沢にはいつもの静寂が戻った。雪はさらに深く積もり、山も谷も白一色となった。もう若者たちの声は聞こえてこない。

康彦の店に来る客は、口々に映画のロケの話をした。

「大原涼子は思ったより小柄だったな」

「大原涼子って、ホテルで毎日玄米を食べてたんだって」

恐らくこの先ずっと、苫沢では定番の話題となるのだろう。

映画の完成は春と聞かされた。それまでは、まだまだ楽しめそうである。

4

映画「赤い雪」が完成したというニュースは、三月になって町役場のホームページで公表された。公開は五月末で、全国主要都市のミニシアターで上映予定とのこと。予算規模からして全国ロードショーはなかろうと予想はしていたが、やはり大衆受けを狙った映画ではなさそうだ。

公開に先立ち、町民ホールで特別試写会が開かれることになった。制作側がロケ地に敬意を表してくれたのだろう。ただ、始める前から一悶着《ひともんちやく》あった。中学生以下が観られない「R15指定」だったのである。きっと刺激的なシーンがいくつかあるのだろう。

中学の教師が散髪に来たとき、康彦を相手に不満をぶつけた。

「生徒たちが観られねえとはどういうことですか。かまくら作りとか、雪かきと、さんざん手伝わせておいて、出来上がったら蚊帳《かや》の外って、それはひどくねえですか？　みんな完成を楽しみにしていたのに、ぼくら、生徒にどうやって説明すればいいんですか」

確かに教師としては困るだろう。

「それでね、校長と一緒に役場に乗り込んで、藤原さんに抗議したんですよ。なんとかしてくださいって。そしたら、強姦《ごうかん》シーンとか、殺害シーンとか、そういうのがあるから、子供には見せられねって――。そんなことは最初からわかっていたことで、そうならロケの手伝いを生徒にさせるべきではなかったでしょう」

もっともな言い分である。藤原は、「R15指定」になることを事前に聞かされていなかったと言い訳したらしい。

「そりゃあね、何か生徒たちに出来ることはないですか、いい社会勉強になるので参加させてくださいって、言い出したのはうちの校長ですよ。しかし、藤原さんは脚本を読んでたわけでしょう。だったら、最初にそれを説明するべきだったんですよ。向田さん、そう思いませんか？」

「うん、そうね。大人の映画だから子供には見せられないって、最初に断っておくべきだったね」

康彦が鏡の教師に向かってうなずく。ただ、藤原一人に責任を被せるのは酷《こく》だと思った。初めてのロケ誘致で、わからないことだらけだったのだ。考えが及ばなかったとしても責められない。

「さあ、困った。生徒になんて言おう」

教師がため息をついている。康彦はどちらにも同情した。


試写会は土曜日の夕方から行われた。財政破綻の前に建てられたホールは、もう古くはあるものの、千五百人収容で、その気になれば全町民が着座出来る規模のものである。中学生以下は入れないということで、町の大人のほとんどが集まった。

東京からはプロデューサーがやって来て、あらためてロケ期間中の町の協力に謝意を述べた。

「苫沢町のみなさんのおかげで素晴らしい作品が完成しました。主演の大原涼子さんは、これまでのイメージを覆《くつがえ》す熱演を披露して、本人も出来栄えには大変満足しておられます。本作は海外の映画祭への出品も申請中で、必ずや高い評価を得るものと確信しています。どうか苫沢町を舞台にした映画『赤い雪』を、みなさんも応援してください」

続いて藤原がマイクを取った。

「どんな作品に仕上がったのか、わたしもわくわくしております。やはり自分がかかわったというのは、特別な感慨が湧いて、おそらくみなさんも同じだと思います。本作が評判になれば、舞台となった苫沢も当然注目を集めるわけで、そうなったら『赤い雪』のロケ地として観光客の増加も見込めるのではないかと、期待しております。そしてこれを機に、苫沢で映画祭を再開出来ないかと地域振興課は考えておりまして。それも夏ではなく冬に行えば、オフシーズンの人出が期待されるわけでして……」

「おい、また演説か」瀬川が茶々を入れる。町民から笑い声が起き、藤原は顔を引きつらせて挨拶を終えた。

いよいよ上映である。そもそも苫沢で映画が上映されるのはいつ以来のことか。町の映画館がなくなってもう四半世紀は経つ。場内が暗くなって、前方の特設スクリーンに光が広がったとき、康彦は若い頃に戻ったような気がした。やはり映画はスクリーンで観るのがいい。

冒頭は、雪煙を上げて一台の四輪駆動車が国道を走って来るシーンだった。町の入り口に立つ《ようこそ苫沢町へ》の看板が映っただけで、会場からどよめきが湧き起こる。続いて、かまくらで子供たちが遊んでいるシーンに変わった。今度はスクリーンに町民が登場して歓声が上がった。

「おー、川田《かわだ》さん家《ち》の浩太《こうた》君だ」「はは、裏のユキちゃん、可愛く映ってるべ」

そんな声があちこちから漏れる。こうなると「R15指定」が恨めしかった。本人たちが観たらどれだけよろこぶことか。

それ以外にも、町民のエキストラが出るたびに笑い声があがり、会場は和《なご》やかな空気に包まれた。さなえのママはやはり色っぽくて、康彦はあらためてキュンときた。ちゃっかり藤原が出ているのには苦笑した。駅長の役で台詞もあった。

いつもの映画鑑賞とちがって目が離せない。知っている風景と、知っている人間が出ているのだ。

ただし、会場の雰囲気が温かかったのは最初の三十分ほどであった。殺人が起きてからは急に空気が重くなり、落ち着かない咳《せき》払いも聞こえた。陰惨なシーンがいくつも続くのだ。白い雪が、血で何度も染まる。なるほど、「赤い雪」の赤とは血のことだったのか。

普通の犯罪ものとはずいぶん趣《おもむき》がちがっていた。登場人物がみな滑稽《こっけい》で、卑近《ひきん》で、身勝手である。とりわけ田舎の人間模様とムラ社会が、諧謔味《かいぎゃくみ》たっぷりに描かれていて、容赦がない。大原涼子は若い殺人犯をかくまう設定だったが、初めて見せる汚れ役だった。こんな映画だったのかという空気が、会場には充満していた。言葉には出なくても、ひしひしと伝わった。

康彦は途中から居心地が悪くなった。町民の中には、田舎を馬鹿にされたと不愉快に思う人がいるかもしれない。


およそ二時間の上映が終わったとき、何人かが拍手をしたが、ほかに続く者が現れず、すぐにやんだ。場内が明るくなり、町民たちが見せたのは戸惑いの表情だった。康彦もどう形容していいかわからない。これまで観たことのない、変わった映画なのだ。

隣の恭子を見ると、複雑な顔で黙りこくっていた。母は、前の席でシニアサークルの仲間たちと一緒に観ていたが、「わたしらにはわかんね」と正直な感想を述べていた。

「おい、みんな。おれは、これが苫沢町と思われたらたまらん。そうは思わねえか」

口火を切ったのは瀬川だった。みなの視線が集まる。

「確かに田舎は閉鎖的だし、苫沢もそうかもしれねえが、しかしここまで誇張されると、ちょっとちがうんでねえかって、ひとこと言いたくなるね」

「おれもそう思う。からかわれた気分がする」

谷口も同調した。

「藤原課長はどこよ。意見が聞きてえ」

「映写室にいます」若い職員が答える。

「じゃあ、呼んできてよ」

一分と経たず藤原がやって来た。会場の雰囲気はわかっていたらしく、硬い表情をしている。

「おい、課長さん。この映画は苫沢をおちょくってはいねえか？」瀬川が言った。

「いや、そんなことはねえべ。だいいちフィクションだし」藤原が答える。

「そりゃあ、映画だからフィクションだろう。しかし頭から《ようこそ苫沢町へ》って出てくるわけだし、観た人は苫沢はこういう町かって思うべ。そうなると面白くねえっていうか、名誉を傷つけられたっていうか……」

瀬川が引き下がりそうにない。多くの町民も会場に残ったままだった。

プロデューサーが降りて来て、神妙な顔で口を開いた。

「お気に召さない方がいらっしゃるのはわかります。しかし、本作は誰も馬鹿にしていないし、非難もしていません。人間の滑稽さは都会も田舎も同じなわけで、そのへんをご理解していただけるとありがたいのですが……」

「いいべ、あんたは。映画を作るのが仕事で、苫沢のことなんかどうでもいいだろうから」

「いえ、どうでもいいってことは——」

「おれらが問題だと思うのは、こういう映画とわかっててロケに誘致した役場の姿勢よ。いくら経済効果が得られるからって、プライドを捨てることはなかんべ」

遠慮のない意見に、藤原が顔を赤くし、頬を引きつらせた。

「瀬川君、ちょっと待って。ほかの人の意見も聞こうよ」

康彦が提案した。多くの町民が会場に残っている。

「あのう、ぼくは面白かったんですが……」札幌から赴任中の中学教師がおずおずと手を挙げて言った。「これってブラックユーモアなんですよ。だから万人受けはしないかもしれないけど、ぼくは好きです」

「ほかは？　若い人はどうよ」

「わたしも面白かったです。笑い出しそうになった箇所がいくつもあったし」

役場の女子職員が言った。彼女も札幌からの出向である。

「よそから来た人ばっかでねえか。要するに他人の家のことだからだろう」と瀬川。

「他人の家ってことはねえべ。町のために一生懸命やってくれてる人に」康彦がたしなめた。

「じゃあ佐々木さんは？」

「助役は東京へ出張中」藤原が答える。

「はは、逃げたか」

「そったらこと言わないの」康彦は瀬川を睨《にら》みつけた。

「おれは複雑だなあ」和昌が吐息混じりに言った。「やっぱ自分の町のことだと客観的には見られねえ。よそが舞台なら面白いのかもしれねえけど、地元だからね」

「ほら、そういうことよ、地元愛があれば、こういう映画の誘致はしねえって」

「瀬川君。そういう言い方はねえんでねえの。地元愛ならこっちだって人一倍あるって」

藤原が顔色を変えて抗弁した。

「そう。瀬川君は言い過ぎだべや。藤原君は町のためを思ってロケを誘致したんだから。その間、たくさんの人が来て賑わったたし、旅館や飲食店は潤《うるお》ったたし、ぼくらだって充分楽しんだだし。今日だって、こうして町民みんなが集まる会を持てたわけだし、何もないよりはよかったたっしょ」

康彦が言った。過疎の町は、何かあるだけで有意義なのだ。

「もういいべ。出来ちまったもんは仕方がねえ。みんな喧嘩すんな」年寄りの一人が諭すように言った。「わしらは束の間、楽しんだ。それでええ」

「仕方がないって、そういう言い方もどうですか。プロデューサーに失礼でしょう」

藤原が顔をゆがめて訴える。プロデューサーが口を開いた。

「いや、わたくしならお気遣いなく。みなさんに伝わらなくて残念です。しかし、わたくしどもは傑作が出来たと信じています。近頃の映画は、時流に媚《こ》びて、消費して終わり、みたいなところがありますが、この映画はきっと残ります」

「残るのかい。それも困るべ」と瀬川。

「瀬川君、いい加減にしろよ」とうとう藤原が声を荒《あら》らげた。

「やめろ。お仕舞。みんなもう帰れ」

年寄りが手をパンパンと叩き、みなが黙った。藤原が険しい表情のまま会場から出て行く。瀬川や谷口は「飲みに行くべ」と言い、帰っていった。

気まずい雰囲気だけが残った。この件はしばらく遺恨《いこん》になりそうである。もっともすぐに収まる。狭い世間だから、顔を合わせずにはいられない。となれば、誰かが間に入り、表面上は仲直りするのだ。この町はそうしてずっとやってきた。

「面白かったけどなあ」

中学教師が嘆息《たんそく》し、名残惜《なごりお》しそうにつぶやいた。

外に出ると、すっかり日が暮れていたが、寒さはそれほどでもなかった。そろそろ雪が解け始めている。大地が顔をのぞかせたら、苫沢も春である。

5

五月に入り、映画「赤い雪」に関して新しいニュースがもたらされた。世界的に有名な映画祭でグランプリを受賞したのである。作品賞、監督賞、脚本賞、主演女優賞と総なめの快挙だった。

康彦は朝のテレビ・ニュースで知った。「日本映画の快挙です」とアナウンサーが弾んだ声で言い、授賞式の映像が流れる。着物姿の大原涼子が満面の笑みでトロフィーを受け取っている光景だった。康彦は食事中で箸《はし》を落としそうになった。

「うそ」恭子は絶句し、テレビをのぞき込んだ。耳が遠い母は事態がわからないらしく「何があったたべか」と二人を交互に見ていた。

母に説明すると、「あれま、わたしの出た映画が世界で見られたべか」と素《す》っ頓狂《とんきょう》な声を上げ、目を丸くした。そして直後に和昌から電話があり、「テレビ見た？」と興奮気味に語り出した。

「おれさ、実を言うと傑作だと思ってたのよ。でも瀬川さんとか怒ってるし、あの場では言えなかったたべや。あとで聞いたら、佐々木さんも『これは傑作だから、みなさんも時を経たらわかる』って言ってたらしいのよ。おれもそうだろうなあって思って――」

何やら虫のいいことを言っている。

「おれさあ、理容学校出たら、撮影のときにお世話になったヘアメイクの人に弟子入りしようかなんて思ってるんだけど、あと三年、好きにさせてもらえねえかな」

「はあ？　向こうはどう言ってるんだ」

「これから手紙を書く」

康彦はしばし絶句した。「好きにしろ」そう答えて電話を切る。そんな気もしていた。もっとも若いのだから好きにすればいい。理容師の資格があれば、食いはぐれることもないだろう。

それより映画のグランプリ受賞である。康彦は藤原のことを真っ先に思い、安堵した。このニュースを苦沢で一番よろこんでいるのは、間違いなく藤原だろう。あのあとも口さがない連中は、町の名誉を汚《けが》したと藤原の陰口を叩いていたのだ。これで彼も救われる。

康彦はうれしくて、リモコンを片手に各局のニュースを追いかけた。正装した大原涼子はやはり美しく、鼻の下が自然と伸びた。

二日後、早くも町役場に映画のグランプリ受賞を祝う垂れ幕が下がった。きっとこれで映画は注目を浴びることになるだろう。そうなれば必然的に舞台となった苫沢町も脚光を浴びるのだ。

ゲンキンなもので、映画を評価し直す声が町民の間から聞こえ始めた。

「よく考えれば面白かったべ。田舎を揶揄《やゆ》したようなところがあるから、ついカチンと来たけど、冷静になればよく出来た映画だと思う」

「要するに、人間の普遍的な狡《ずる》さとか弱さとか、そういうものを描いた作品なんだよね。こっちも反省した。笑って受け入れるのが大人の態度だったべ」

店に来る客が、みな宗旨替えして、少し照れくさそうに褒めるのがおかしかった。康彦自身も考えをあらためた。試写の直後は、身内の恥をさらしているようで少し抵抗があったが、確かに映像は迫力があり、俳優陣の演技も素晴らしかった。映画通を唸らせる作品なのだ。

ただ瀬川だけは、意地を張り続けていた。

「まったく田舎者は権威に弱いさ。有名な賞を取った途端にてのひら返しだ。おれは納得しねえ。ダメなもんはダメよ。あれは苫沢を馬鹿にしてる。やっちゃんもそう思わねえか？」

「いいんでないかい。めでたいことなんだから」

「どこがめでたいのよ。世界中の人が、北海道にはああいう小さな町があるのかって、真に受けたらどうするべ」

康彦は苦笑しながら聞いていた。よくしゃべるのは、バツが悪いからだろう。

数日後、藤原が散髪に来た。「藤原君、よかったな、おめでとう」康彦が祝福すると、顔をくしゃくしゃにして握手を求めてきた。

「ぼくはさ、やっちゃんが庇ってくれたこと、一生忘れねえからね」

「そんな大袈裟な」

「ううん。試写会のとき、四面楚歌《しめんそか》とはこのことか、もしかしたら村八分にされるんじゃねえかって恐ろしくなったさ。でも町民ではやっちゃん一人が味方になってくれて、瀬川君や谷口君に言い返してくれて。ぼくはうれしかったなあ。ああ、わかってくれる人はいるんだって――」

「ははは」康彦は大袈裟な感謝に照れ笑いした。

「で、瀬川君たちはなんて言ってる？」

「さあ、最近顔を見せないから」康彦はうそを言った。

「きっと歯ぎしりしてるべ。人のことを散々非難して、結局はおのれの偏狭さをさらしただけっしょ」

「そんなことは……」

「あ、そうだ。ビッグニュースがある。映画がグランプリを受賞したから、あらためて苫沢町に感謝したいって。プロデューサーと監督と大原涼子さんが公開前に来ることになったべさ」

「そうなの？　それは凄いべや」

「町長のところに電話があったさ。そったら町長、なまらよろこんで、町民ホールで祝賀会を開くって。きっと東京からマスコミを引き連れて来るだろうから、ニュースになって、映画の宣伝にはなるし、町も名前が知れるし、また苫沢が盛り上がるべ」

「藤原君のお手柄だ」

「ありがとう。祝賀会、やっちゃんにはいい席を用意しておくからね。大原涼子の匂いまで嗅《か》げるような近くの席を。でもって瀬川君と谷口君は入れね」

「そんな――」

「もしホールに現れたら、どの面《つら》下げて来たって玄関で追い返してやるべ」

「もう許してあげなよ。きっと反省してるさ」

「いいや、してね。絶対にしてね」藤原がむきになって言う。

康彦はおかしくて、笑いをこらえるのに苦労した。きっとこの話は、この先ずっと繰り返されることだろう。

苫沢は、そろそろ桜の季節だ。何もない町だが、この時期、山々に咲く桜の美しさだけは自慢出来る。それを大原涼子に見てもらえると思ったら、自然と心が温かくなった。

逃亡者

1

苫沢町出身の若者が東京で事件を起こした。その若者は、広岡《ひろおか》の長男・秀平《しゅうへい》で、苫沢町にいた頃は、中学で生徒会長を務めるほどの優秀で活発な子供だった。

向田康彦はそれをNHKの七時のニュースで知った。ここ数日、世間を騒がせていた詐《さ》欺《ぎ》グループの主犯格が全国指名手配され、名前と共に顔写真が公開されたのである。

「おい！　これ、広岡君の息子でねえか！」

夕食をとっていた康彦は、思わず腰を浮かせ、大声を上げた。驚いた母が入れ歯をテーブルに落とし、ふがふがと呻《うめ》いている。

「おい！　恭子！　テレビ、テレビ！」

台所にいた妻を呼ぶと、何事かと慌てた妻が、硝子戸《ガラスど》の段差に足のつま先をぶつけ、「痛い！」と悲鳴を上げ、けんけんをしながら居間に転がり込んできた。

「ほれ！　広岡君の家の秀平君だ！」康彦が画面に大映しされた顔を指さす。

「いててて……。秀平君って、こんな顔してた？」恭子が床にうずくまりながらも、目を凝《こ》らした。

「してた、してた。もう五年くらい見てねえけど、祖父《じい》さんの葬式のときに帰って来て、そんときおれに挨拶したさ。立派な大人になってと思ってたけど、それからは帰省したって話も聞かなかったな」

「人違いなんじゃないの？　同姓同名ってこともあるし」

「いや、秀平君だ。間違いねえべ」

「でも、あの子、そんな悪さする子じゃなかったし……」

恭子は信じられない様子だった。康彦もそれは同じである。勉強が出来て、高校は札幌の進学校に進んで、東京の私立大学に合格した秀才だった。広岡はことあるごとに息子の自慢をしていた。

ああ、そう言えば——。康彦は思い当たった。ここ数年、散髪に来たとき、広岡は息子の話をまったくしなくなった。康彦から訊ねると、「会社を興したらしいが、何やってんだか」と会話を避けているように見えた。

ニュースによると、秀平をリーダーとする詐欺グループは、高齢者を狙って墓地開発の投資を募《つの》り、実際は金だけ集めて、会社ごと消えてしまった。被害者の老人が一人自殺したことから、現代の墓不足に付け込んだ卑劣な詐欺犯罪として、頻繁にニュースで取り上げられるようになった。そして警察がグループの潜伏先を突き止め、踏み込んだところ、主犯格の広岡秀平はマンション二階のベランダから飛び降り、そのまま逃走したとのことだった。

「逃げたんだ」恭子が言った。

「だから全国指名手配だべ。狭い日本で逃げ切れるわけがねえのに」

康彦はショックで鳥肌が立った。秀平には幼い頃から中学生まで散髪をしてきた。子供だったので、たいした会話はなかったが、散髪中も漫画を無心に読みふけっていたことを憶えている。

「広岡さんは知ってるのかしら」恭子が聞いた。

「そりゃあ警察から連絡くらいあったべ」

「うわあ、奥さん、どうしてるんだろう」

恭子は顔をゆがめ、声にならない声を上げた。

康彦は、広岡家がどうなっているか容易に想像がついた。今頃は雨戸を閉めて、電話にも出ず、家の中にこもっていることだろう。あるいは町から逃げ出しているかもしれない。

広岡は隣町の水道工事会社に勤めていた。真面目な性格で、穏やかで、誰からも好かれていた。小さな町で、我が子がテレビのニュースになるような犯罪に手を染めた。そして逃亡中である。なんという悲しい出来事か。自分なら間違いなく寝込むだろう。

瀬川や谷口と話をして情報を共有したかったが、どこか躊躇《ためら》う気持ちがあり、携帯電話に手が伸びなかった。いち早く噂話をしていると思われたくない。

そうこうしているうちに家の電話が鳴り、恭子が出ると札幌に住む息子の和昌からだった。

「あんたもニュース見た？　お母さんたち、もうびっくりして――」

恭子が興奮して話し込んでいる。そういえば、秀平は和昌より二つ上で、子供の頃はよく一緒に遊んでいた。中学では同じサッカー部で、先輩後輩の間柄だったはずだ。

「おい、おれにも代われ」

康彦は途中で受話器を取り上げた。

「オメ、なんか知ってたべか」

「いや、詳しくは知らねえけど、東京で羽振りのいい暮らしをしてるって話は聞いてたさ。サッカー部で一年先輩だった人が、東京の簿記専門学校へ行って、そのまま向こうで就職したから、秀平さんと付き合いがあって、この前会ったらポルシェに乗ってたとか、六本木ヒルズに住んでたとか言ってた。会社興して、土地取引で一山当てたって自慢してたらしいけど、どうも人が変わったようなところがあって、怖くて敬遠してたって、その先輩はそう言ってたな」

「そうか……」

康彦は話を聞いて、大きく息を吐いた。もう疑う余地はない。指名手配犯は広岡の息子、秀平だ。勉強の出来るいい子だったが、年月が経てば人は変わるのだ。

「それから、中学のときに親友だった人のところには、警察から電話があったって。広岡秀平と最後に連絡を取ったのはいつか、北海道で立ち回りそうな場所を知らないかって」

「そうか。そうだろうな」

康彦はいっそう居たたまれなくなった。間違いなく、実家にも警察が押し掛けている。広岡はどうしているのだろう。

午後九時になって瀬川から電話があった。スナック大黒で谷口たちと飲んでいるが来ないかという誘いだった。もちろん秀平の事件は知っていて、みんなで話題にしているとのことである。

康彦は一も二もなく駆けつけた。こういうときは、やっぱり誰かと話して不安を分かち合いたい。

外に出ると、夜でももう上着が必要ないほどの暖かさだった。北国の過疎地もそろそろ夏である。心浮き立つ季節なのに、苫沢にはとんだニュースである。

店内は満席だった。ママにいつもの元気はなく、暗い表情でたばこを吹かしている。

「明日、苫沢署に警視庁の刑事が来るんだって。さっき署の人が来て言ってた」ママが紫煙と一緒に言葉を吐いた。

「東京からわざわざ来るんだべか」

「そりゃあ、実家は一番の立ち回り先っしょ。放ってはおけねえべ」

「警視庁は逮捕状持って踏み込んで、逮捕寸前で逃げられたわけだから、とんだ失態だべさ。マンション二階のベランダから飛び降りて逃走って、間抜け過ぎるべ」

「ああ、メンツ丸潰れっしょ。警察は減点主義だから、一刻も早く捕まえねえと幹部の首が飛ぶんでないかい」

「おまけに世間が注目してる事件だからね、警察もむきになるさ」

「んだな。自殺者が出てるから、通常の詐欺事件では済まねえべ」

客同士、口々に語り合った。ただし口調は重く、雰囲気も暗い。みんなが秀平を知っていて、身内から犯罪者が出たような気分なのだ。

「しかし、秀平君はどこで道を誤ったんだか。おれが知ってる秀平君は、明るくて、礼儀正しくて、リーダー格で、いい子だったけどな」

　瀬川が無念そうに言った。

「そりゃあ、東京の大学に行って、悪い仲間でも出来たんだべや。でなきゃ、こったらこと。自分から悪さするような子じゃねえっしょ」

　谷口が庇った。みながうんうんとうなずく。

「でもさあ、報道では主犯格なのよ」とママ。

「なんかの間違いだべ」康彦が言った。

「今思い出したけど、昔、うちに散髪に来た小学生にはキャンディをあげてたのさ。で、あるとき、おれが何かの用事で店を空けてて、急いで戻ったら秀平君が椅子で漫画読んで待ってたわけ。待たせてゴメンねって、キャンディを渡したら、さっきお婆さんにもらったからいいですって——。黙ってりゃあわからねえのに。そういう正直な子供だったのよ」

　話していたら、二十年前の光景まで思い出した。目鼻立ちの整ったハンサムな子供で、店に来るときは、いつも照れくさそうにうつむいていた。

「そうだよ。夏祭りのとき、子供会がバザーをやったけど、会計は秀平君が担当してたべ。みんなが信用してたし、頼りにもしてたってことっしょ」

瀬川が付け加え、またしてもうなずき合った。

「やっぱ、おれら同年代の息子がいるから、他人事とは思えねえべ。広岡君は親としてゆるくないよね。やっちゃん、オメは仲良しだから、明日にでも広岡君の家の様子見て来たら？」谷口が言った。

「仲良しってほどじゃねえけど……。毎月散髪に来るから、そんとき世間話をする程度だし……」康彦がかぶりを振る。

「でも、おれらよりは気心が知れてるだろうし」

「いやあ、そっとしておいて欲しいんじゃないの。ぼくはそう思うけど」

「そうか、そうかもしれねえな……」

みなで何度もため息をつく。

しばらくしたら、役場の職員が店にやって来た。混んでいるのに一瞬驚いた顔をしたが、すぐに事情を察し、カウンターの隅に座った。

「ママさん、とんだ残業だよ。七時のニュースが流れてからマスコミの問い合わせが殺到。卒業アルバムをどこかで借りられないかって。あとは役場に広岡秀平をよく知っている人物はいないかって」

おしぼりで顔を拭きながら言う。

「うそ。東京からマスコミもやって来るってこと？」

「そうなんじゃないの。大きなニュースだし」

それを聞いて、康彦はますます広岡のことが心配になった。マスコミが来たら、絶対に実家に押し掛けるだろう。

「あのよ。マスコミの話、広岡君に教えた方がいいんでないかい？　マスコミに捕まったら家族がさらし者にされるべ」康彦が言った。

「だから、やっちゃんが伝えてきてよ」と瀬川。康彦は気の毒で胸が締め付けられた。

その夜の大黒は、遅い時間になっても客がやって来た。そして繰り返し、秀平の起こした事件の話をした。みんな一種の興奮状態で、日付が変わるまで誰も帰ろうとしなかった。

2

翌朝、店を開ける前、広岡に電話をしようかどうか迷っていたら、瀬川から携帯に電話がかかってきた。

「やっちゃん、広岡君にもう電話した？　避難させた？」

「いや、まだだけど」

「何よ。かけてねえの？　さっきうちの倅が、油の配達で広岡君の家の前を通ったら、もうテレビ局の車が何台も停まっていたってよ」

「ほんとに？」康彦は思わず声のトーンを上げた。

「ほんと、ほんと」

「すまね。手遅れだった」

康彦は顔をゆがめて後悔した。迷っている場合ではなかった。札幌の系列局が真っ先に動くことは、素人でも想像できた。

「ちょっと様子を見に行かねえか。放ってはおけんだろう」

「ああ、そうだね」

「迎えに行くから」

電話を切ると、またすぐに着信音が鳴った。今度は谷口からだった。

「おい、うちの隣の木村《きむら》さん家《ち》、新聞記者が朝一番で来たってさ。娘のチハルちゃんが秀平君の高校の同級生だったから、それで卒業アルバムを貸してくれって」

なんという迅速さかと康彦は恐ろしくなった。事件記者は記事のためならなんだってしそうだ。

これから瀬川と広岡の家に行くと教えたら、谷口は自分も行くと言い出した。当分、苦沢の町民は仕事が手に付きそうにない。

広岡の家は飛鳥地区の集落の中にあった。住宅街というほどではないが、両側に隣家もある。狭い通りがマスコミの車で埋め尽くされていた。タクシーも何台か停まっていて、新聞社がチャーターしたものと思われた。

康彦たちが到着すると、記者たちが一斉に振り向き、どどどと波のように押し寄せてきた。

「広岡さんのお知り合いですか」一人の若い記者が聞いてくる。

「うん、まあそうだけど……」瀬川が答える。

「秀平容疑者は知ってますか」

「そりゃあ、ここの生まれだから、よちよち歩きの頃から知ってってけど」

康彦たちはたちまち記者に取り囲まれた。

「すいません。囲み取材をさせてもらえませんか。こちらで代表幹事を決めて、質問する記者は三人までとします。個別だと収拾がつかないし、それでお願いできませんか」

記者の態度はあくまでも丁寧だった。だいたいみんな息子のような年齢なのだ。どう返事をしていいかわからず、顔を見合わせていると、「じゃあ、お願いします」と勝手に決められ、瀬川が立つ周囲にカメラが場所取りをした。

記者たちが一旦離れ、幹事の取り決めをしている。すぐに代表が決まり、再び瀬川を取り囲んだ。

「顔は撮りません。首から下だけです」

「あ、そう」瀬川が戸惑っている。

「ああ、ちょっと――」ふと思った康彦が瀬川に駆け寄り、耳打ちした。「余計なこと、言っちゃなんねえよ。みんなが見るんだから」

「ああ、そうね」瀬川がキツツキのようにうなずく。

早速、囲み取材が始まった。今回の事件を知ってどう思ったか、容疑者はどんな少年だったか、容疑者に言いたいことはないか――。定番と思えるような質問が続き、瀬川はそつなく答えていった。

「ところでさ、広岡君はどこへ行ったべや」囲み取材を外から眺めながら、谷口が言った。

「さあ、どうなんだろう。親戚の家にでも避難したのかね」

康彦は背伸びして、広岡の家を見た。窓はすべて雨戸が閉まっていて中の様子はわからない。

「いるみたいよ」

いつの間にか近所の老婆が横にいて、小声でささやいた。

「ほんとに？」

「朝方、新聞を取りに出た奥さんをわたし見てるから。それに車があるっしょ」

確かにガレージには、夫婦それぞれの車が二台、並んで停まっている。

中で広岡夫妻は、居留守を使い、息を殺してマスコミが去るのを待っているのか――。そう思ったら、康彦はこの場にいるのが辛くなった。

そこへ警察のパトカーがやって来た。うしろにはワゴンもいる。記者たちが今度は降りてきた男たちを取り囲んだ。制服警官は苫沢署の人間で、私服は東京からやって来た警視庁の刑事らしい。ということは、昨夜のうちに札幌まで来ていたのだろう。

刑事たちは記者の質問には答えず、ワゴン車から段ボール箱を取り出し、広岡家に向かった。

「これって、家宅捜索ってやつか」谷口が眉間《みけん》にしわを寄せて言った。「なして……。親は関係ねえべ」

「一応、実家は容疑者の関係先になります。逃げ込んで親族がかくまっている可能性もあるので、通常の捜査に当たります」

近くにいた若い女の記者が親切に教えてくれた。

もう電話で連絡が取れているのだろう。玄関のインターホンを押し、「警察です」と刑事が告げると、ほどなくしてドアが開いた。一斉にカメラのシャッター音が鳴り響く。ジャージ姿の広岡が玄関の向こうに少しだけ見えた。

康彦は見てはいけないものを見た気になって、一刻も早くこの場を立ち去りたくなった。

「瀬川君、もう帰るべ」

「もうちょっといるべ。家宅捜索なんて、滅多に見られるもんじゃねえし」

「そったらこと言うかねえ。広岡君が可哀想だとは思わねえべか」

谷口も康彦と同じ気持ちらしく、眉をひそめて非難した。

「怒るなって。ほら、みんな集まって来たべや」

いつの間にか集落のほとんどの人間が出てきて、広岡家を見守っていた。狭い道路が人で埋め尽くされ、車を出すことができない。

康彦はせめてもの意思表示として、その場から出来るだけ離れ、背を向けて山を見ていた。緑がすっかり濃くなり、空ではトンビの親子が呑気に輪を描いている。

マスコミは三日ほどで引き揚げたが、その間の取材合戦は、聞きしに勝るすさまじさであった。ワイドショーは隣町に住む秀平の祖母の家に押しかけ、断ることを知らない老人をカメラの前に引きずり出していた。週刊誌は、秀平の人となりを知る人物を片っ端から当たり、康彦の理髪店にまでやって来た。「どんな子でしたか」という問いに、康彦は「いい子だったけどね」と素っ気なく答え、それ以上相手にしなかった。マスコミの報道の仕方があまりに類型的で、嫌悪感を覚えたからである。

世間が注目するのは、詐欺グループのメンバーがみな高学歴で、東京六大学のイベント・サークルから続く先輩後輩の関係だったからだ。元暴走族グループが起こすような振り込め詐欺事件とちがって、偏差値エリートの集団が犯罪に手を染め、エスカレートしたというストーリーが関心を呼んだ。さらには六本木ヒルズにも一時期住むなど、派手な金遣いも次々と判明した。恰好のワイドショー・ネタなのである。テレビを見ていたら、秀平の中学校の卒業文集まで引用されていた。提供した人間に悪気などなかったろう。考えてみれば、ほかの事件でも容疑者の卒業文集はしょっちゅう出て来る。

記者は去ったが、警視庁の刑事二人がそのまま苫沢に残り、実家への張り込みを続けていた。北海道警から車両の提供を受け、実家が見える空地にいつも停まっているのである。

スナック大黒でもこのことは話題になった。

「あれって二十四時間、見張ってるべか」瀬川が素朴な疑問を口にする。

「それはそうでしょう。張り込みは二十四時間じゃないと意味ないし」

役場の職員が明確に回答した。彼によると、苫沢署は全面協力を申し出ていて、刑事課の若い刑事を順番で張り込みに参加させているとのことだった。大きな事件など滅多に起きない田舎の刑事にしてみれば、警視庁の刑事は眩しくて仕方がない存在なのだろう。

「それにしても警察は本気だべ。たかが詐欺事件でここまでやるとは思わなかった」

谷口が感心するように言った。

「そりゃあ、年寄りの自殺者を出してるからね、許せないって国民感情があるのよ。わたし、ワイドショーをチェックしてるけど、まだやってるもの。秀平君、東京では銀座で一晩に百万使って豪遊してたとか、そういうのまでホステスの証言付きで報道されてるからね」

ママがたばこを吹かしながら言う。大黒はここのところ毎晩賑わっていた。話のネタがあるからだ。

「それで広岡君はどうしてるべさ。仕事は行ってるの？」瀬川が聞いた。

「さあ、わたしは知らないけど」ママが答えながら康彦を見る。

「ぼくも知らねって。話もしてないから」康彦はかぶりを振った。

「やっちゃん、やっぱり様子見ておいでよ。毎月散髪に来る客だし、広岡君だって話しやすいっしょ」

「またぼくに押し付ける」

「誰かが元気づけないと、どんどん孤立するべ」

「そうそう。広岡さん、真面目だからさ。わたし、自殺するんじゃないかって、そんな心配もしてる」

「ちょっと、ママさんよ。穏やかでねえべ」康彦は体を起こして言った。

「いいや、ありうる。広岡君は責任感強いべ。夏祭りで、屋台の焼きそばを大量に余らせたときだって、おれが仕入れの量を間違えたって、自分で買い取ろうとしたっしょ。そんなの、雨が降って人出が少なかったから、仕方がねえのに」

谷口が真顔で言う。康彦もそんな気がしてきて怖くなった。

「わかった。明日行ってみる。それで、気を落とさんようにって励ましてくる」

「奥さんも見かけねえから、きっと夫婦で家にこもってるべさ」と瀬川。

その点は恭子も心配していた。いつも利用するスーパーにも姿を見せないそうなのだ。田舎は都会とちがい、匿名《とくめい》でいられない。身内から犯罪者を出すと、道も歩けないのである。康彦は心から同情した。

翌日、店の開店を遅らせて、広岡の家に行った。電話で事前アポを取らないのは、苫沢の人間にはいつものことで、いきなり行くのが水臭くない付き合い方なのである。
一応理由が欲しいので、母が畑で収穫したキュウリを持参し、おすそ分けに来たという
ことにした。
車で家の前まで行くと、雨戸は閉まっておらず、車も停まっていた。平日だが家にいる
様子だ。
少し緊張しながらインターホンを押すと、縁側の窓のカーテンが小さく揺れ、人影が見
えた。誰が来たのか確認したのだろう。ほどなくして中から足音が聞こえ、玄関のドアが
開けられた。出てきたのは広岡だった。目を合わせないで「なんだべ？」と言う。康彦は
広岡のやつれ方に驚いた。わずか数日間のことなのに、目はくぼみ、無精髭に覆われた頬
は黒ずんでいる。
「あの、キュウリが採れたから、おすそ分けにと思って。結構瑞々《みずみず》しいから、塩で揉んで
食べるとうまいよ」
「そうか。ありがとう」広岡は受け取ると、ドアを閉めようとした。
「あ、あの。仕事は今日、休み？」康彦は慌てて会話を接《つ》いだ。広岡は返事に詰まり、
「あ、うん」とだけ答えた。
気安く会話ができる空気はなかった。広岡は無言だが、帰ってくれと言っているのだ。

「じゃあ、また」康彦はそれだけ言って、踵を返した。背中でドアをロックする音が聞こえた。

車に戻り、来た道を引き返すと、すぐに男が出てきて行く手を遮《さえぎ》った。

ああ、そうか、刑事が張り込んでいることを忘れていた——。康彦は指示に従い、車を停めた。三十代と思《おぼ》しき東京の刑事が運転席の横まで来て警察手帳を示し、「すいませんね」と腰を屈めた。

「町の方ですか？」と聞くので、広岡の知り合いで、様子を見に来たと包み隠さず話した。免許証の提示を求めるので、それにも応じた。

「呼び止めてすいませんでした」

刑事は終始紳士的だった。容疑者の実家の訪問者までチェックするのだから、警察の仕事は大変である。

家に帰ると、すぐに広岡から電話がかかってきた。開口一番、「さっきはすまなかったべ」という謝罪を口にした。

「女房から、心配して来てくれたのにお茶も出さねえでって、叱られた」

「いや、なんもなんも。それより奥さんは、どうしてるの」

「寝込んでるけどね」

「あ、そう」康彦は胸が痛くなった。きれいな奥さんなのである。

「おれは会社を休んでる。社長がしばらく休めって言ってくれたから」

「それがいいべ」

「どうせ仕事なんか手に付かねえし」

「しょうがねえって」

「うちの倅が、とんでもねえことしてくれた」

広岡が重い口調で吐き捨てる。康彦は返事に詰まった。

「死んで詫びるしかねえかなあって」

「お、おい、広岡君。ちょ、ちょっと待てって」康彦は思わず舌がもつれた。「そったことしたって解決にならねえ。それに秀平君は大人だろう。いくら親でも全部の責任を取れるわけがねえべ」

「そうかもしれんが、もう表は歩けねえ」

「馬鹿言うなって。落ち着け。みんな心配してっから」

「とにかく、すまね。さっきはつっけんどんで、あまりに申し訳なかったから、ちゃんと謝っとかねえと心残りになる」

「心残りって――」康彦は背筋に悪寒《おかん》が走った。「これからもう一回行くべ。少し話をするべ」

「いや、いい」

「よくねえって。広岡君、死んで詫びるしかねえとかって、妙な気を起こすなよ」

康彦が語気強く言うと、広岡はしばらく黙ってから、「ああ、そうだね」と力なく返事をした。

「とにかく、落ち着いてくれ。ぼくらはいつでも相談に乗るから」

「ありがとう。久し振りに人としゃべったべ」

広岡が礼を言って電話を切る。康彦はお尻のあたりがもぞもぞとして落ち着かなかった。やはり放ってはおけない。広岡に自殺でもされたら、町全体が当分は沈み込んでしまう。

3

広岡を訪ねた一件を瀬川や谷口に話すと、たちまちスナックの常連客に知れ渡り、みなが広岡の自殺を心配するようになった。

「当番制で誰かが毎日様子を見に行った方がいいんでないかい」

そう提案したのは瀬川である。

「それは却って迷惑なんでねえのか。広岡君にも奥さんにも負担だって。時間が経てば少しは冷静になるんでねえの。今は泡食ってる最中っしょ」

谷口が反対意見を言う。

「そうそう。犯罪は犯罪でも詐欺罪じゃない。人を殺《あや》めたわけじゃないもの」

ママが同意した。

「でもさ、自殺者を出してっからなあ。広岡君はそれに責任を感じてたさ。遺族にしたら、殺されたも同然と思うかもしれねえし」

康彦が言った。想像するに、広岡が参っているのは、死人を出している点にあると思われた。人の命は弁償しようがないのだ。

「まあ、そうだけど」みなが同意する。

「それに、時間が経てばって言うけど、こういうのは時間が経つほどにじわじわと来るもんでねえかな。考えれば考えるほど、心理的に追いつめられるっていうかさ。この前見た印象では、相当参ってたな」

「やっちゃん、脅かすなって。こっちまで不安になるでねえか」と瀬川。

「それともうひとつ、おれは奥さんの方も心配かな。可愛がってたもん。秀平君も母親孝行で、毎年母の日には花を送ってたっしょ。広岡君、父の日にはなんも寄こさねえくせに、母の日だけは花を送って来るって、苦笑いしながら言ってたし」

「そうそう。言ってた」

「だからさ、奥さんの心配もしねえと」

「奥さんは大丈夫よ」ママがきっぱりと言った。みながママを見る。

「母親は息子を残して自殺なんかしないの。母親は何があろうと、最後まで、息子を信じて庇うものなの。だから秀平君が出て来るか、逮捕されるのをじっと待ってる。過去の事件を見たって、息子の犯罪に責任を感じて自殺するのはみんな父親でしょ。母親は死なないの」

「ああ、そっか。そうだな」

確かに説得力があり、男たちはみな、うんうんとうなずいた。

「とにかく、広岡君をサポートしよう。幼馴染だし、放ってはおけねえ。それにぼくは他人事とは思えねえ。うちの和昌も、札幌で真面目にやってるけど、若いからどこで転落するか気が気じゃねえ」

「おれもよ。要するに、うちの息子だったかもしれねえってことだべ」

瀬川が言い、またしてもうなずき合った。

「とりあえず、順番に食事の差し入れでもすっか。奥さん、寝込んでるっていうし」

「そうするべ。食わなきゃ体に悪い」

早速話し合い、当番を決めた。有難迷惑《ありがためいわく》にならないよう、二日に一度にした。そのときは事件には触れず、差しさわりのない世間話に終始し、長居はしないという取り決めもした。

話し合っていると、自分たちも癒《いや》された。小さな町だから、一人の悲しみでも、みんなに伝染するのである。


一番手として康彦が行くことになった。瀬川はあけすけだし、谷口は口下手だしで、最初は康彦が無難だろうということで決まったのだ。

恭子に話すと、稲荷《いなり》寿司と野菜の煮物をこしらえ、お重に入れて持たせてくれた。ただし、張り切って作ったという感じではなかった。

「広岡さんの奥さん、ＰＴＡで息子の自慢ばかりしてたから、中には同情してない人がいるかもしれない」と、そんな打ち明け話をする。

「おまえはどうなんだ」

「正直を言えば苦手な人だったけど、今となっては同情してる」

「ふうん」

　これまで母親同士の世界を想像したこともなかったので、康彦は意外な気がした。ＰＴＡなど妻に任せきりだった。

　広岡の家に行くと、広岡はまだ会社を休んで家にいた。

「ああ、悪いね。遠慮なくいただくべ」

　差し入れを受け取り、玄関に佇んでいる。前回とちがい、身構えた様子はなかった。もしかして何か話したいのかと思い、「奥さんは？」と聞いてみた。

「まだ二階で寝てる」広岡は顎をしゃくると、声を潜めて答えた。「飯が喉を通らねえから、昨日、病院へ連れて行って点滴を打ってもらってきた。おれよりショックが大きいみたいで、ついてねえと心配だから、ずっと会社休んでる」

「そう。大変だ」

　そのとき階段からトントンと足音が聞こえた。奥さんがラフなジャージ姿で降りてきた。

「すいませんねえ。お茶も出さないで」

　玄関に正座して、ため息と一緒に言葉を吐いた。化粧をしていないので余計に老けて見えたが、取り繕う気力もないのだろう。

「奥さん、寝てて。すぐに帰るから」と康彦。

「北野《きたの》がねえ、広岡の名前に泥を塗ったって言うんですよ」

奥さんが突然、妙なことを口走る。北野というのは地区の名前で、おそらく広岡の実家のことを指しているのだろう。

「オメは余計なことを言うな」広岡が顔をこわばらせる。

「だって、まだ裁判も受けてないのに、最初から悪者扱いで、それじゃあ秀平が可哀想でしょう」

「いいから黙ってろ」

広岡に制されても、奥さんは言葉を連ねた。

「向田さん、笑われるかもしれないけど、わたしは秀平を信じてるんですよ。あの子が年寄り相手に詐欺を働くなんて、絶対にありえないでしょう。それも主犯格だなんて。詐欺を犯した会社の社長ってことですけど、人がいいから押し付けられたに決まってます。秀平は、このままだと濡《ぬ》れ衣《ぎぬ》を着せられるから、それが怖くて逃げたんじゃないかって、わたしはそう思ってるんですよ」

「やめれ。向田さんが迷惑だべ」

「いや、ぼくなら――」

奥さんは恨めしそうに広岡を見上げると、立ち上がり、また階段を上がっていった。

「申し訳ねえ。女房はちょっと精神が不安定で」広岡が釈明する。

「気にしなくていいべ。可愛がってたし、余計だ」

「しかし、秀平はどこに隠れてることやら。あれは少し気の小せえところがあるから、怖くて出て来れねえんじゃねえかって、そう思ってるんだけどね」

「そう」

「威勢がいいのは見せかけだ。昔から怖がりで、学校のプールに入れるようになったのだって二年生になってからだもん」

「うちの倅だってスケートを怖がってたさ」

「とにかく、出て来ねえことには始まらねえわけだ」

「そうそう」

「手がかりがあるなら、こっちが捜してえくれえだ」

「そう」

広岡は前回とは打って変わってよくしゃべった。目を瞬かせ、貧乏ゆすりをしながら、吐き出すように言葉を連ねていく。話が一段落すると、はあと大きく息をつき、ここで初めて康彦を見た。

「愚痴《ぐち》を聞かせてすまねえな。やっちゃんには関係ねえことなのに」

「何を言う。関係大ありだ。うちのお客さんでねえべか」

康彦は軽く笑って答えた。

「この一週間、家ん中、女房と二人だけで、話す相手も女房だけで、そうなると話は堂々巡りするばっかりで、秀平は悪い友達にたぶらかされた、濡れ衣を着せられたって、そんなことをずっと聞かされて、こっちはますます気が滅入って……。だから今日はやっちゃんと話せてよかったさ」

「そったら今夜、大黒へ来ねえか。みんなと飲むべ」

「いや、さすがにそれは出来ねえ。息子が逃げ回ってる最中に、なして親が飲み歩ける」

「まあ、そうだね。わかった。とにかく今日は来た甲斐があったさ。ちなみに、一日置いて次は瀬川君が差し入れ持ってくる。その二日後は谷口のシュウちゃんだ。迷惑ならいらねえって言ってくれ」

「迷惑だなんて――」

「じゃあ、受け取って。連中とも話をするといいべ」

結局、玄関で立ったまま三十分も話し込んだ。康彦自身も気が晴れるところがあり、対話の力を今さらながら思い知った。

そして広岡の家から帰るとき、またしても刑事に車を停められ、なんの用事だったのかと聞かれた。

康彦が食事の差し入れだと答えると、会話の内容まで知りたがるので、隠すようなことでもなかろうと思い、夫妻との会話をありのまま話した。

「そうですか。親ですから辛いでしょうね」刑事は穏やかに言った。

「あんたら、いつまで見張ってるの？」

「基本は容疑者を逮捕するまでですが、捜査本部の指示次第です」

「あ、そう。じゃあ東京の上役に言っといてよ。秀平君が現れたら、町民全員で出頭するよう説得するから、引き揚げてもいいよって」

「わかりました。伝えておきます」

刑事が白い歯を見せ、苦笑する。この間、なんとなく心を開く感じがあって、康彦は刑事に聞いてみた。

「秀平君が逮捕されると、どの程度の罪になるのかね。懲役何年くらいとか」

「さあ、それは裁判官に聞かないと」

「でも相場ってもんがあるべ。五年とか、十年とか」

「五年でしょう」刑事があっさりと答えた。「自殺者が出てるのと、被害金額が大きいのとで、検察は最大限の求刑をするでしょうけど、犯罪自体はよくある不動産利用詐欺なんで、弁済にもよりますが、執行猶予なしの五年ってところじゃないかなあ」

「あ、そう。ありがとう」

「刑事から聞いたなんて言わないでください」

「もちろん」

話をしていたら、警察車両からもう一人の刑事も降りてきた。軽く会釈して近づいてくる。

「こんにちは。苫沢町はいいところですね」空を見上げて言った。「ぼくは東京の下町生まれだから、日本にこういう場所があるとは思いもしなかったなあ。空気はきれいだし、川は澄んでるし、野山に花は咲き乱れてるし、住みたくなりますよ」

「今度は冬に来てみ。そったら呑気なことは言ってられねえべよ」

「はは。そうですか。それは失礼」頭を掻いている。

三人でしばらく話をした。なんということはない世間話である。毎日の張り込みの中、刑事たちも会話に飢えていたのだろう。互いに軽口も飛び出し、距離が一気に縮まった。康彦はここでも対話の力を痛感した。


土曜日、和昌が帰ってきた。夏祭りの出し物で青年団の打ち合わせがあり、そのための帰省である。と言ってもバスで二時間なので、ちょくちょく帰ってきてはいるのだが。秀平の話になると、和昌は表情をぎこちなくし、「あの先輩がなあ」とため息をついていた。

「オメ、何か知ってることはねえのか」康彦が聞く。

「ねえよ。それより秀平君のお母さんはどうしてるべさ。仲のいい親子だったもんなあ。おれ、今でも憶えてっけど、サッカー部の試合には必ずお母さんが応援に来て、声を嗄《か》らしてたべや。自慢の息子だったし、ショックはでかいんじゃないかって――」

「お母さんは寝込んでる。もう十日にはなるだろう」

「そうなの？」

「だから大黒の常連客で食事を差し入れてるさ」

「見張りの警察はまだいるの？」

「よく知ってるな」

「青年団のみんなに聞いたから」

「逮捕までは交代で見張るみてえだな。もう町民とは顔見知りよ。うちの婆さんも餡《あん》ころ餅を差し入れて、お礼に拳銃を撃たせてもらってたさ」

「親父、いつからそういう冗談を言うようになったべや」

和昌が憐《あわ》れむような目を向ける。

「変化がねえ毎日を送ってるとな。オメもそのうちこうなる」

康彦が目を細めて言うと、和昌がいやそうな顔をした。

青年団の打ち合わせと言いつつ、集まったのは同年代の数人だったらしい。町の集会所ではなく、喫茶店の隅で、ぼそぼそと話し込んでいた。店の女店主から、「和昌君たち、コーヒー一杯で二時間もおしゃべりしてたさ。おばさんみたい」と笑って言われたので、知ることとなった。

きっと遊びの相談だろう。若者は呑気でいいと、康彦はさして気にも留めなかった。

4

翌日の日曜日、苫沢署の署長が散髪にやって来た。秀平の事件のことを聞くと、警視庁の刑事が出張で来ているため、地元警察としてはそれなりに気を遣わなければならないと、冗談半分に愚痴をこぼした。

「だってさ、東京の刑事が二十四時間張り込んでるときに、ぼくら飲み歩くわけにはいかないから。麻雀だってご無沙汰よ」

「そりゃそうだ」

「容疑者もどこに隠れていることやら。犯人ってのは決まって南に逃げるから、たとえ土地鑑《かん》がなかったとしても、ぼくは沖縄じゃないかと思うわけ。実家を張り込むなんて無駄だと思うんだけどねえ。……おっと、これは内緒」

署長が他人事のように笑っている。東京で起きた事件なので、緊張感がないのだろう。

「容疑者の両親はどうなの？　まだ家にこもってるけど」

「そうね。仕事も休んでるみたい」

「こういうのって、小さな町だとどうなるのかねえ。やっぱり地元にいられなくなってよそに移っていくわけ？」

署長がぶしつけに聞いた。この男は札幌出身で、単身赴任で来た官吏である。

「いや、それはないっしょ。五十を過ぎて、今さら生活は変えられないし。このまま苫沢で暮らすと思うけど」

「しかし、息子が逮捕されて刑期を終えたとしても、一生言われるし。あそこの息子、詐欺罪で全国指名手配されたことがあるって。親戚に娘がいたら縁談にだって響くんじゃないの」

遠慮のない物言いに、康彦はむっとした。

「こういうときは、田舎だと困るでしょう。都会なら匿名で生きられるし、人のことは根掘り葉掘り聞かないっていうマナーがあるけど、こっちだとそうはいかんでしょう」

「でも、その分、助け合うけどね」

「ああ、そりゃあそうだ。小さな町は助け合いがあるからいい」余計なことを言ったと思ったのか、署長が慌てて言い訳した。「なにしろ、町民が容疑者の実家に食事を差し入れてるっていうから。都会ならみんな知らんぷりだ」

そこへ苫沢署の制服警官がやって来た。散髪中の署長の耳元で何事かささやく。「詐欺事件の容疑者が道内に……」という言葉が康彦にも聞こえた。

署長は顔色を変えると、「ちょっと失礼」とエプロンをまとったまま立ち上がり、店の隅でひそひそ話を始めた。

今耳にした言葉が本当なら、秀平は北海道にいるのだろうか。現代の科学捜査が半端ではないことは、素人の康彦でもニュースで知っていた。スマートフォンの発する微弱な電波で、居場所を突き止めてしまうのだ。あるいは、空港や駅の防犯カメラに秀平が映っていたのかもしれない。

署長は部下を帰すと、椅子に戻り「顔は剃らなくていい。今日はカットだけ。手早くね」と言い、あとは黙ってしまった。

康彦はただならぬ雰囲気に緊張した。秀平が道内にいるとしたら、苫沢に帰って来るということなのか——。

署長が帰ると、通りをパトカーが行き来するようになった。それも道警本部から応援が来ている様子である。気になったのか、瀬川が店に現れ、「やっちゃん、何かあったべか」と聞いてきた。

康彦が、先ほどの署長の一件を話すと、瀬川は「秀平君が北海道に戻って来た？」と目をぱちくりさせた。そして何か思い当たることがあるのか、表情を強張らせて、「うちの息子が絡んでなきゃいいけど……」と低い声で言った。

「陽一郎君がどうかしたか？」

「実はな、ゆうべ、空き家になってる死んだ祖母ちゃん家《ち》の鍵を貸してくれなんて言うもんだから、何に使うって聞いたら、札幌から来た友だちを泊めるんだ、なんてことを言うわけ。そったらもん、うちに泊めればいいでねえかって言ったら、なんか口ごもって、はっきり返事しねえまま鍵を持っていっちまったべ。最初は女でも連れ込むのかと思ったけど、横に和昌君もいたし――」

「和昌が？」康彦は思わず聞き返した。

「青年団の歳の近い連中が四人ばかりいたべさ」

「うちの和昌は、青年団の夏祭りの打ち合わせで帰って来たって言ってたけど」

「いやあ、それは聞いてね。それなら集会所を使うっしょ。だいいち団長はゆうべ大黒で飲んでたべ」

「じゃあ、和昌はうそをついてるってことか」

「おれ、いやな予感がする。もしかして、うちの陽一郎、秀平君をかくまってるんでねえべか」

瀬川が落ち着かない様子で言った。

「そうならうちの和昌も絡んでるべ」

康彦は店の奥に向かって恭子を呼び、和昌はどこにいるかと聞くと、「ゆうべ出かけたきり帰ってこない」という答えが返ってきた。

「また麻雀じゃないの。帰って来るといつも麻雀だし」

事情を知らない恭子は、いたって呑気である。康彦は胸騒ぎがして、和昌の携帯電話を呼び出した。しかし電源を切っているらしく応答がない。

「あいつ、どこにいるべか」

焦る気持ちが込み上げる。どうするべきか思案し、康彦は広岡に電話することにした。秀平が道内に潜伏しているかもしれないことを、果たして家族は知っているのか、それを確認したい。

かけてみると、広岡が電話に出て、妙なことを言った。

「丁度よかった。電話しようと思ってた。今しがたうちの女房が消えたんだが、やっちゃん、知らねえべか」

「はあ？　どういうこと？」

「一時間くらい前かなあ、おたくの和昌君が裏の勝手口から入って来て、おばさんいるかって聞くから、二階で寝てるって答えたら、ちょっと会わせてくれって、トントンと上がっていって、しばらく部屋で話し込んでるわけ……。で、そのときおれは庭の草むしりをしてたんだけど、三十分ぐらいして戻って、やけに静かなんで、二階をのぞいたら、もぬけの殻だったのよ。ケータイ置いていったから、近所だろうと思ったけど、全然帰って来ねえから、どういうことかと思って」

広岡の話を聞いて、康彦の疑念はますます膨らんだ。瀬川が言うように、和昌たちは秀平をかくまっているのではないか。

「なあ広岡君。表の刑事たちはまだいるか？」康彦が聞いた。

「いるいる。今日はパトカーまでいる」

「あのな、もしかしたら秀平君、北海道に戻って来ているかもしれねえのさ。さっき、苫沢署の署長が散髪に来てたんだけど、部下が呼びに来て、そんなような話をして、それで泡食って出ていったべよ」

「それ本当か？」広岡が驚きの声を上げた。

「本当かどうかはわからねえ。でもパトカーの数が一気に増えたし、なんとなく警察がわさわさしてるし……」

「じゃあ、和昌君が女房を連れてったのは、秀平に会わせるためだべか」

「それはわからねえが、もしかしたらうちの倅が余計なことを仕出かしたかもしれね」

康彦は居ても立ってもいられなくなった。青年団のメンバーがかくまっているとしたら、それは犯罪である。

捜しに行くと言う広岡に、自宅にとどまるよう説得し、康彦は瀬川と二人で空き家に行くことにした。店は閉めた。それどころではないのだ。


瀬川の車に同乗して、半年前に母が死んで空き家になった瀬川の実家に行くと、雨戸は閉まったままで、とくに変わった様子はなかった。敷地に車も停まっていない。ただ、畑仕事中の老人が、柵の外から中の様子をうかがうような仕草をしていたので、何かありましたかと聞くと、さっきまで人がいたので誰かと思ってのぞいていた、という答えが返ってきた。

「もしかして、うちの息子だべか？」康彦が聞いた。

「遠目だったからわからね。ただ若い衆が四、五人いたべよ。そこへ年配の女の人が一人、車でやって来て、三十分くらい家の中にいて、それで車何台かで出ていったべさ」

「女の人って、広岡君の奥さんかい」瀬川が聞いた。

「どうだべ。わしは近頃、耳は遠いわ目は霞むわで、あんまり人の見分けがつかね」

「わかった。ありがとうね」

もはや決定的となった。青年団の若手数人は、ゆうべから秀平をかくまい、今日になって母親に会わせたのだ。この先はどうするつもりなのか——。

「どうするよ、やっちゃん」

「どうするって……。うちのバカ息子、軽はずみなことをやらかして……」

二人で途方に暮れていると、康彦の携帯が鳴った。待ち受け画面を見ると恭子からである。

「どうかしたか」

「お父さん。今、警察から電話があったんだけど、和昌が秀平君と一緒に苫沢署にいるんだって。それで、よくわからないんだけど、事情を聴くからしばらく身柄を預からせてもらうって」

「はあ？　どういうことだ。一緒に逮捕されたってことか」康彦の心臓が躍《おど》り出した。

「うそ、逮捕なの？」恭子の声がひっくり返る。

「おれが聞いてるべ！」

問い詰めるも、恭子は慌てていて要領を得なかった。

瀬川の携帯にも電話がかかって来た。妻かららしい。瀬川の息子も警察にいて、泡を食っている様子だった。

「瀬川君よ、これから警察へ行くべ。何がどうなってるか、さっぱりわからねえ」

「そうすっか。陽一郎のやつ、一発ひっぱたいてやる」

二人で顔を見合わせ、大きくため息をついた。

暗い気持ちで苫沢署に行くと、受付ロビーに和昌たち青年団のメンバーが四人、座っていた。署長もいて、何やら話し込んでいる。そこに緊迫した空気はなかった。どちらかと言えば穏やかな雰囲気である。

「やい、陽一郎。オメ、何を仕出かした」

瀬川が目を吊り上げて言うと、陽一郎が口を開く前に、署長が「まあ、まあ」と手で制し、着席を促した。

「あなたがたの息子さんたちが、北海道に戻って来た容疑者を警察に出頭させたのさ。お手柄なんだけど、丸々手柄ってわけでもない。一晩かくまったというのは、場合によっては逃走援助、犯人蔵匿《ぞうとく》罪にあたる。ま、問わないけどね」

「和昌、そうなのか」

康彦が聞くと、和昌は腕組みし、仏頂面でうなずいた。

「どういうことだ。詳しく説明しろ」

和昌は青年団の仲間を見回し、口を開いた。

「昨日、秀平さんから連絡があったべさ。札幌に来てるから会えねえかって。それでおれの下宿に呼んだら、事件の話をして……。逮捕されるのはしょうがないとしても、自分にも言い分はあるし、それをおふくろに聞いてもらいたいし、何より手錠をかけられる前に、ちゃんと謝りたいって……。だからおれは、手伝ってもいいけど、それが済んだら警察に出頭してくれって頼んだら、それは約束するって言うから、苫沢に連れてきたべさ。ゆうべは陽一郎さんの死んだ祖母ちゃん家に泊めて、朝になってから、広岡さんのおばさんを迎えに行って、それで対面させたべさ」

「で、どうだったんだ」

「おばさん、泣いてたさ。秀平さんも泣いて謝って、おれら、その場にいられなくなって、外に出てたんだけどね」

「そったら大事なことは、ちゃんと親に相談しろ。こっちはてっきり、オメたちも逮捕されたと思っただろうが」

康彦が声を低くして叱ると、和昌は「悪かった。でも出頭したんだし、これで解決だべ」と言って指で鼻の下をこすった。

「容疑者は現在、刑事課にいる。両親も一緒。青年団に免じて留置場は勘弁してやる。これから札幌に移送して、今日中に東京かな」

署長は、容疑者確保で機嫌がよさそうだった。田舎警察では滅多にない逮捕劇である。

「親父、それから瀬川さんも。秀平さんは刑期を終えたら苫沢に戻るって言ってっから、みんな、温かく迎えてあげてよね」

和昌が続けて言った。青年団の面々もうなずいている。

「おれら、秀平さんに言ったべ。この先、まだ人生は長いから、いっそ苫沢に戻ってやり直したらどうかって。そりゃあ、札幌とか東京とか、そういう都会の方が周りから放っておかれて、生きやすいかもしれねえけど、誰かと仲良くなったり、女の子を好きになったりしたら、どうしても自分の過去を打ち明けなければならねえわけで、そういう隠し事があると人間はどうしても人付き合いを避けるようになるだろうし、苦しいだろうし……。だったら、いっそそのこと全員が顔見知りの苫沢の方が楽なんでねえかって。過去を知ってて、それでも町民は付き合うってことでしょう。刑期を終えたら、罪を償ったってことだから、おれらは受け入れるよ。親父たちもそうだべ？」

「あ、ああ。そりゃそうだ」康彦はうなずいた。

「昔は何かあるとつまはじきだったそうだけど、これからの小さな町はちがうべ。みんなが仲良く暮らせる偏見のない町作りだべ」

「オメ、いつからそういうことを言う人間になったんだべか」

「変化がねえ町だからね。少しは変化を起こそうと考えてるのさ」

和昌が小鼻を膨らませて言う。康彦は苦笑して見せたが、心の中では結構感動していた。まさか、息子に感動させられるとは——。

瀬川も感動したらしく、言葉を失ったまま、息子の陽一郎を見つめていた。

苦沢はこれからいい町になりそうである。

康彦はそんな気がして、全身の緊張が一気に解けた。

初出「小説宝石」
「向田理髪店」　二〇一三年四月号
「祭りのあと」　二〇一三年十一月号
「中国からの花嫁」　二〇一四年七月号
「小さなスナック」　二〇一五年二月号
「赤い雪」　二〇一五年十月号
「逃亡者」　二〇一六年二月号

二〇一六年四月　光文社刊

光文社文庫

向《むこう》田《だ》理《り》髪《はつ》店《てん》

著者　奥《おく》田《だ》英《ひで》朗《お》

2018年12月20日　初版1刷発行
2022年9月5日　5刷発行

発行者　鈴木広和
印刷　萩原印刷
製本　ナショナル製本

発行所　株式会社 光文社
〒112-8011　東京都文京区音羽1-16-6
電話（03）5395-8149　編集部
8116　書籍販売部
8125　業務部

ISBN978-4-334-77763-0　Printed in Japan

組版　萩原印刷

光文社文庫　好評既刊

- 応戦2　門田泰明
- 任せなせえ　門田泰明
- 奥傳夢千鳥　門田泰明
- 夢剣霞ざくら　門田泰明
- 冗談じゃねえや　特別改訂版　門田泰明
- 汝薫るが如し　門田泰明
- 天華の剣(上・下)　門田泰明
- 大江戸剣花帳(上・下)　門田泰明
- メールヒェンラントの王子　金子ユミ
- 完全犯罪の死角　香納諒一
- 祝山　加門七海
- 目嚢―めぶくろ―　加門七海
- 203号室　新装版　加門七海
- 深夜枠　神崎京介
- ココナツ・ガールは渡さない　喜多嶋隆
- A7　喜多嶋隆
- B♭　喜多嶋隆
- C　喜多嶋隆
- ボイルドフラワー　北原真理
- 暗黒残酷監獄　城戸喜由
- ハピネス　桐野夏生
- ロンリネス　桐野夏生
- 鬼門酒場　草凪優
- 世界が赫に染まる日に　櫛木理宇
- 虎を追う　櫛木理宇
- 九つの殺人メルヘン　鯨統一郎
- 浦島太郎の真相　鯨統一郎
- 今宵、バーで謎解きを　鯨統一郎
- 笑う忠臣蔵　鯨統一郎
- オペラ座の美女　鯨統一郎
- ベルサイユの秘密　鯨統一郎
- 銀幕のメッセージ　鯨統一郎
- 雨のなまえ　窪美澄
- 七夕しぐれ　熊谷達也